「乳首にクリップをつけて、
マジックでよがれるんですか。
なるほど、社長の嗜好の傾向はつかめました」
忠村の酷薄な声が耳を苛み、有川をますます昂らせる。
「……あっ⁉」
忠村の長い指が胸のクリップをつまみ、
ぎゅっと押さえつけてくる。

ラルーナ文庫

忠犬秘書は敵に飼われる

不住水まうす

三交社

CONTENTS

Illustration

幸村佳苗

忠犬秘書は敵に飼われる

本作品はフィクションです。
実際の人物・団体・事件などにはいっさい関係ありません。

「では、これにて臨時株主総会を閉会します」

その声が響くや否や、恰幅《かっぷく》のいい中年の男が乱暴に席を立ち、ドアを蹴《け》るような勢いでバタンと扉を開けて去っていく。その後ろを、どこか頼りなげな若い男が慌てて追いかけていく。

そんな敗北者たちの姿を、有川貴裕《ありかわたかひろ》は勝ち誇った笑みで見送っていた。

「嘘《うそ》でしょ、竜太《りゅうた》。どうして？　どうして貴方《あなた》が社長じゃないの？」

会議室付近の廊下から、その竜太の母親――前社長夫人――のヒステリックな声が聞こえてくる。竜太をつき従えて会議室を出た荒崎《あらざき》専務取締役から、株主総会の決定を聞いたのだろう。

すなわち、息子の竜太は権力争いに敗れ、亡き夫の愛人の子である有川に、次の社長の座を奪われたと。

有川が会議室から出ると、前社長夫人は少し離れた場所から般若《はんにゃ》のような顔で睨《にら》みつけてきた。

「何を、何をしたの。あり得ない、こんなこと」

五十代のはずだが、美容には金をかけているのだろう、一見若く見えるが若作りしすぎて少し無理があるその女に、有川は鼻で笑って答えた。

「息子さんのことですが、やはり飲酒運転で事故はいけませんね」

女の顔色が変わる。

竜太側が権力争いに敗れた原因は、有川が出した、この情報だった。

竜太は大学院生だが、大学時代に飲酒運転で人身事故を起こしたことがあった。普通なら警察沙汰《ざた》になるところであったが、相手が軽傷だったため、口止め料も込みで多額の示談金を積んで和解が成立している。本来ならもみ消したはずの事件だった。

ところが、有川がこの事件を取締役たちに知らせたことで、竜太のイメージは失墜。しかも、その示談に叔父《おじ》である荒崎専務が関わっていたという疑惑も提示され、荒崎までもが他の取締役の不信を招く結果になった。

だが、そもそも、それをどうやって知り得たのか。

女がなぜという顔をするので、教えてやった。

「父から聞いたんですよ。何かおかしいですか？」

そんな馬鹿なと目を剝《む》く女を見下ろすのは、爽快《そうかい》な気分だった。

頼りない息子と関係の冷めた妻に心を痛める父の前で、有川はいい息子を演じ、尊敬の念を向け、父の功績を褒め称《たた》え続けた。その地道な努力が、父の心も口も軽くしたというわけだ。

「この、愛人の子が……っ」

呪詛《じゅそ》のような侮蔑《ぶべつ》を、今ほど心地よく感じたことはない。そんな侮蔑を向ける相手に、有川は遂《つい》に勝ったのだ。

「竜太はたびたび問題を起こしていたそうですね。父も憂慮していましたよ。ああ、ご心配なく、前社長のお子さんの素行の悪さなど、今回以外では他言しません。会社のイメージダウンになりますから」

「自分こそ、汚らわしいホモのくせに……！」

空気をつんざくような女の声が響く。

そう、有川は同性愛者だ。

だが、その場にいた取締役たちは、女の声に白けた顔をするだけだった。

有川は社会人で、大学を卒業して大学院を中退したあと、同業他社に二年半勤めている。大学が一流なので竜太より経歴はいいが、過去にゲイだという理由で後継者として入社する話が白紙になった経緯があり、当初は竜太に勝つのは難しいと言われていたのだが。

ホモでも、飲酒運転よりはマシ。

そんな低レベルな消去法で権力争いに勝利した有川は、それが何か？　とばかりに嘲《ちょう》笑《しょう》を浮かべた。

切れ長の目に長い睫毛《まつげ》。鼻筋はすっきりと通っており、肌は透き通るように白い。三つ揃《ぞろ》いの洒落《しゃれ》たスーツを着こなし、中指でくいっと眼鏡《めがね》のフレームを押し上げる仕草は、嫌みなほどに様になっており美しかった。ホモという得体の知れない若造を取締役たちが受け入れることができたのは、ひとえに有川が美しく、不潔なイメージがなかったからという要因が大きく貢献している。

その嘲笑の優雅さに、女は目を剝き、握り締めた拳《こぶし》をぶるぶると震わせる。今にも飛びかかってきそうな剣幕《けんまく》だった。

その時だ。

「奥様」

落ち着いた、低くて魅力的な声が響く。有川は反射的にその声の主に目を向けていた。堅実な印象のスーツに身を包んだ背の高い男が、足早に歩きながらこちらに向かってくる。急ぎながらも走らず、興奮状態の女をなだめるように、そっと女の腕に手を添えた。

女と並ぶと背の高さが際立つ。百八十は超えているだろう。

「奥様、ここで取り乱しては」

「離して！」

振り払おうとする女の腕を男は強く握り、じっと真摯《しんし》に目を合わせる。

顔の彫りは深く目つきはややきつめだが、いい男の部類に入るだろう。女の腕をつかんでいても決して乱暴ではなく物腰は柔らかで、何より声がすばらしい。男はその声をささやくように潜めた。

「奥様のそんなお姿を、心ない輩《やから》に見られたくありません」

鼓膜を酔いしれさせるような、いい声だ。そしてよく状況を心得ている。

ここで女をわめかせたところで、竜太側のイメージが悪くなるだけだ。ここは本社ビルで、階下では社員たちが働いている。取締役同士の争いなど、見せるものではない。

女は気遣われたと思ったらしく、涙をにじませながらも、醜態をそれ以上さらすのは思いとどまった。なるほど、女はこう扱えばいいのかと、思わず感心するような一幕だ。

「おい」

荒崎が一声かけると、男は無言で頷《うなず》く。それで頼んだぞというやり取りになるのだろう。荒崎はどすどすと足音を響かせながらさっさと行き、竜太もそそくさとあとに続く。男は小声で女をなだめたあと、一度だけこちらに顔を向け、静かに頭を下げて去っていった。

それが荒崎の秘書、忠村直人《ただむらなおと》という男だった。

この風華堂《ふうかどう》に来て、初めて彼を見た時から興味は持っていた。

有川より二歳年上の二十八歳。独身であの身長と顔と声なので、幅広い年齢層の女性社員に人気がある。秘書の資質としてはそれも重要だ。何より、上司である荒崎のそばで生き生きと仕事をしているのが印象的だった。

有川はかねてから思い描いていた願望を、その場にいた堀池《ほりいけ》常務取締役に告げた。

「あの秘書、僕にくれませんか？」

するとと堀池は、何を言っているんだ、という顔をした。中肉中背で、荒崎と同じく五十代の男の眉間《みけん》には、深いしわが寄せられている。

「あれは荒崎が拾ってきた野良犬だ。やめておきなさい」

堀池によると、荒崎が酒場で意気投合したのをきっかけに、採用されることになったのがあの忠村だという。

「でも、きっかけはそうでも、しょせん雇われの身ですよね。辞令で僕の秘書にすれば、逆らいはしないでしょう？」

「そんなことをすれば、スパイをされると言っているんだ。あの男は荒崎のためならなんでもやる。敵を懐に入れるようなものだ」

そうだろうか、と疑問に思う。多少恩があるとはいえ、もうすぐ失脚する上司の巻き添えにはなりたくないはずだが。

実は今回の争いは、竜太と有川の後継者争いという形を取りつつも、実質は荒崎専務と堀池常務の権力争いだった。

株式会社風華堂は七十年前に創業した洋菓子製造販売会社で、最初は一軒の小さなケーキ屋から始まったが、今や店舗数四十、工場数二、そして従業員四百人を擁《よう》する地元の大手企業に成長している。その社長が先月、がんで死去した。

社長が持っている自社株は、全体の四割に当たる。その株を、次の社長になった方の息子にすべて譲るか、息子たちが社長にならなかった場合は均等にわけて譲る、というのが生前からの遺言だった。

風華堂は同族経営の色合いが濃く、株が分散して経営が不安定になるリスクは避けたい。そこでまず、荒崎が竜太を推した。

荒崎は社長の右腕であり、近年は店舗数を増やす規模拡大で功績のある人物だが、性格が荒く、遵法精神に欠ける側面がある。また社長の妹婿《むこ》で、叔父として竜太に頼りにされており、竜太が社長になれば荒崎の傀儡《かいらい》になるのは目に見えていた。

この状況で、荒崎を毛嫌いしている堀池と有川の利害が一致。堀池の推薦を得、その結果、先ほど株主の多数決により、有川が取締役に就任したわけだ。

これで、二日後に行われる取締役会で有川が代表取締役社長に選任される。風華堂では主な株主と取締役は重複しているため、この予定が覆ることはない。

さらに、現時点では荒崎はまだ専務取締役だが、約一ヶ月後に開催される十一月の定時株主総会で二年の任期満了を迎え、その際、再任されることなく退任が決まっている。理由は、筆頭株主となった有川と堀池で過半数の株を所持しているからだ。

「とにかく、あの野良犬は、荒崎を退任させたら秘書から外して別の部署に異動させる。会社で男漁《あさ》りはやめたまえ」

秘書として優秀そうだからほしいと言っただけなのに、そっち方面の意味に取られて少しむっとしていると、堀池は淡々と話を続けた。

「君には、別の秘書をつけると言っただろう」

その言葉に、有川は眉《まゆ》を寄せた。

「あれがまともな秘書ですか？」

「まともな秘書だ。秘書検定は取っている」

そんな話をしていると、その件《くだん》の『まともな秘書』のハイヒールの音が聞こえてきた。

黒いスーツのスカートから伸びる、すらりとした足。きゅっと引き締まったウエスト、そして何より目を引きつけるのは、そのはち切れんばかりの豊満な胸だ。

「取締役へのご就任、まずはおめでとうございます」

緩いウェーブのかかった長い髪が揺れる。広い額を見せる髪型がセクシーで、目鼻立ちのはっきりした顔に赤い口紅がよく映える。文句なしの美人だが、これがにこりともしない。

年齢は二十代だと思われるが詳細は不明。目は鋭く、いつも周囲を警戒している。それもそのはずで、彼女の本業はボディガードであり、秘書に扮《ふん》して有川を守ることが今の彼女の任務である。

要するに、秘書というのは偽装であり、今まで秘書に扮したことが一度あるというのが唯一の実務経験で、取っている秘書検定は二級という、およそまともではない秘書だった。

「ボディガードなんて、本当に必要なんですか？」

「さあ、わからんね。私の思い過ごしかもしれんが、荒崎がこのままおとなしく引き下がるとも思えん。保険だよ」

そう言われると断りにくいのだが、いまいち納得はしていなかった。

「君が勝手に死ぬのは構わんが、それでは株が荒崎側に渡る。株は私に譲るとでも遺言を書いてくれるなら、また話は別だが」

「ご冗談を」

「それじゃ頼んだぞ、瓜園《うりぞの》君」

はい、と彼女が返事をし、堀池は去っていった。

荒崎と完全に敵対した今、これからは四六時中、彼女と行動をともにすることになる。

百七十二と、ほぼ同じ身長の彼女に目を向ける。やはりたわわな胸がどうしても目に入る。彼女の容姿について、「瓜じゃなくてメロンだな」といつぞや荒崎が忠村に言っていたのを思い出し、確かに小振りのメロンが二つくっついたような胸だなと、有川も思った。

「一つ、確認しておきたいんですけど」

有川は自宅マンションに着き、後ろを歩いてきたメロンに声をかけた。

取締役会で有川が社長に就任したばかりの、金曜の夜のことだ。

しばらくの間は彼女が秘書を務め、有川の通勤の送迎もする。そこまでは堀池との話で同意していたことだった。

だがしかし、彼女が有川の隣に住むというのは聞いていない。

帰ってきたら、空き室だった隣が彼女の住処《すみか》になっているのを見て、なんと言ったものかと、しばし考えた末の発言だった。

「貴方の依頼人は、誰《だれ》ですか？」

「今は有川社長です」

「本当ですね」

「はい」

彼女との契約は少し複雑だ。元々は堀池が連れてきた人物であり、堀池が彼女と契約していた。けれども、自分のボディガードが他人との契約で動くのは気味が悪く、堀池と話をつけ、有川が彼女と直接契約する形に切り替えた。それが今日の昼間のことだ。

「それじゃ、早速ですみませんが、今すぐ引っ越してもらえませんか」

「平日も休日もお供するのであれば、隣に住んでいた方が効率的です。契約が終わるまで、この環境を維持すべきです」

無表情に淡々と意見を述べてくる。

「そこまでする必要があるんですか？」

「敵の出方がわからない以上、やれることはやっておくべきです」

少しも揺るぎのない彼女に、有川はため息をついた。

「では、これから僕が誰と会おうと、それは堀池さんにも内緒にしてもらえますか？」

「無論です。依頼人が望まないことは、しません」

そう言うのなら疑っても仕方ない。もし今からすることが堀池に知られれば、その時は契約を解除するまでだ、と決めた。

「これから、出張ホストが来ることになっているんですよ。僕の数少ない娯楽でしてね。先に言っておきますが、これに関して、他人にとやかく言われたくはありません」

「その出張ホストは、初めて来る人物ですか？」

「いえ、過去に何度も指名している相手です」

「それなら私から言うことはありません。何かありましたら、いつでもお呼びください」

意外にも聞き分けはいいようだ。それでメロンとは別れ、自室のドアをくぐった。

一般的なワンルームの賃貸マンションである。有川は社長の息子だが、あくまで愛人の子であり、正妻の子とは違う。父からの援助で大学だけはいいところに行かせてもらったが、暮らしぶりは庶民的だ。遺産も、株以外はすべて正妻と竜太に譲る遺言だったため、金は入ってこなかった。

　まあそれは、これから社長として稼げばいいだけだ。

　風呂《ふろ》に湯を張り、ゆっくりと浸《つ》かる。夕食はすませてあるので、あとは性欲を満たすだけだ。

　この緊迫した一週間が終わり、ふっと解放感を覚えていた。

　有川の起源は、父が有川の母と不倫をして、妊娠に気づいた母が父には何も言わずに別れて有川を産んだことに始まる。それから正妻が竜太を産み、その後、父が有川の存在に気づいて認知することになった。

　父と母と正妻のうち、誰がどれぐらい悪くてそんなことになったのかは知らない。ただ一つだけ言えるのは、有川自身にはなんの非もなく、従って蔑《さげす》まれるいわれなどないということだ。

　愛人の子、と周囲に白い目で見られつつも、有川は父の跡を継ぐことを夢見ていた。創業者である祖父にもらったケーキがおいしくて、こんなケーキを作れる風華堂を自分が守り発展させていきたいと希望に燃え、勉学に励んだ。一流大学に入ったことで優秀だと認められ、後継者として入社する話も出た。しかし、ゲイだとバレたことでその話があっけなく立ち消えになった時、父の跡を継ぐことは夢や希望という明るいものではなく、執念に変わった。

有川は笑った。風呂の中で、その声は大きく響いた。

愛人の子で、ゲイで、何が悪い？

有川にはなんの咎《とが》もない。なのにやつらは、父の親戚《しんせき》や周囲の人間は、鬼の首でも取ったように有川をなじり、嘲笑《あざわら》った。だがどうだ。今や自分は社長だ。やつらより、自分の方が社会的地位は高い。今まで自分を蔑んできた連中に、ざまぁみろ、と言いたい気分だ。

社長になって周囲の人間を見返す。それこそが自分の尊厳を回復する唯一の手段だと、有川は信じて疑っていなかった。

風呂をすませると部屋着に着替え、ワインを出した。今日、この日のために用意した、自分の生まれ年のワインだ。

自分はこれから、今までとは違う人生を歩む。その門出を、金で雇ったホストと祝うのだ。それが実に自分らしくていいと、有川は思っていた。

その時、ドアチャイムが鳴ったので、ドア近くのインターホンのところに行った。顔なじみの出張ホスト、タクヤの姿が映っていれば、すぐにでもドアを開けるつもりだった。

しかし、そこに人物の姿は映っていなかった。

「……？」

そんなことは初めてで、よく見ると、背広のズボンらしきものをはいた足だけが映っている。どうやら、カメラからずれた場所に立っているようだ。

有川は背広姿の男が好きなので、出張ホストには背広で来させている。服装は一致しているし、時間も予定通りだ。だからタクヤだろうとドアに向かいかけ、ふと足を止めた。

ボディガードなどというものをつけられていなければ、おそらくなんとも思わなかっただろう。けれども、今の自分の境遇と照らし合わせれば、ここは慎重になるべき場面ではないかと思い至った。

その時、もう一度チャイムが鳴った。

「……」

怪しい、気がする。

よく考えると、出張ホストたちはいつもドア越しに店名を告げる。なのに外の相手は名乗らない。無言のままだ。

ホストではなく、何かの勧誘だろうか？　いやだが、もう夜の十時なのにか？

躊躇《ちゅうちょ》している間が、実際よりも長く感じる。

もしかして、本当に、ボディガードが必要な事態なのか？

「こんばんは、ギャラクシーです」

外の相手が、ようやくドア越しに店名を名乗ってきた。

だが、タクヤの声ではない。

この時点で、有川はすっかり動転していた。

何者かが、出張ホストに化けて有川の家を訪れた。なんのために？

――僕を殺すため……か？

可能性としては、タクヤが都合がつかなくて、代理の人間が来ただけかもしれないが、有川は反射的に携帯端末をつかみ、メロンに電話していた。すぐに彼女は異常を悟り、「怪しい人物なのですね」と言う。「かもしれない」と伝えると、電話は切れた。

そして、がちゃりと隣のドアが開く音がして――直後、どすっと、鈍い音がした。

「瓜園さ……っ」

思わずドアを開けた瞬間、目に飛び込んできたのは、体をくの字に折り曲げた男の首に一直線に叩《たた》き込まれる、手刀の軌跡だった。

鮮やかな、メロンの一撃。

男はどさりと通路に倒れ込んだ。

「……」

このダイナマイトボディな彼女を見て、護衛なんてほんとかよと密《ひそ》かに思っていた疑念だけは、その一撃で吹き飛んだ。

そして、倒れた男の顔を見て息を呑《の》む。

その男は、荒崎の秘書、忠村直人だった。

とりあえず、忠村の身柄は有川の部屋に運び込んだ。

意識がはっきりしない彼を居室に入れ、部屋の中央にあったローテーブルを窓際にどける。

それから割とすぐに忠村の意識は回復し、今はベッドに腰掛けた状態で、メロンに脳震《のうしん》盪《とう》の度合いをチェックされている。まだ着替えていなかったのか、メロンは黒いスーツのままだった。

「吐き気はありませんか」

「……ない」

「手足のしびれは」

「……いや、ない」

メロンは頷き、今度は指を三本立てた。

「何本に見えますか」

「いや、あの……」

忠村は戸惑《とまど》った声を出している。それはそうだろう。手足を枷《かせ》で拘束されている状態で、懇切丁寧に健康チェックをされるというのもちぐはぐだ。

しかしメロンは淡々と続けた。

「貴方は軽度の脳震盪を起こしました。異常があるなら今すぐ病院に行くべきです。真剣に答えてください」

「……わ、わかった」

脳震盪というのは、思っていたよりデリケートなものだというのは、有川も今日初めて知った。

忠村は両手を背中に回した状態で、黒い革製の手枷をつけられ、両足首にも同系統の足枷をされている。どちらも有川の個人的なグッズだが、暴れたぐらいでは外れない頑丈なものだ。

そんな枷をつけられ、忠村はなぜこんな扱いを受けるのかわからないという顔で、こちらを見上げている。

図々《ずうずう》しいのか、演技なのか。

健康チェックが終わったところで、有川は声をかけた。

「忠村さん、まずはここに何をしにきたか、説明してもらえますか」

「……貴方が使っていた出張ホストに接触して、話を聞きました。そのネタと引き換えに、社長を降りてもらえないかと取引にきました」

それも物騒な話だが、てっきり殺しにきたのだと思っていた有川は、拍子抜けした。

「僕を殺しにきたわけじゃないんですか？」

思わず確認すると、忠村は目を大きく見開いた。

「殺しって、なぜそんな話になるんです？　そんな、俺はそんなことは絶対しませんっ」

思ってもみないという反応だ。必死な顔で、演技のようには見えない。

「じゃあ、なんで出張ホストを装ったんです？　カメラに映らなかったのもわざとですよね？」

「俺だと、すんなりドアを開けてもらえない可能性があると思ったので」

なんだその理由？　と思っていると、忠村はうつむきながら続けた。

「来たのが俺だと最初からわかっていたら、ドア越しに追い返されたかもしれないでしょう。だからホストだと思って開けてくれることを期待したんですが……店名を名乗るのは、やりすぎでしたね。おかげでひどい目に遭いました」

「ホストが来る時間帯まで知ってたのは、どうしてです？」

「ホストから話を聞いた時に、今日のこの時間に予約が入っていると言っていたので」

「……」

一応、筋は通っている。

ということは、忠村は取引ネタを持って来訪しただけであり、メロンの行動は結果的には過剰防衛だったということか。

しかし、その取引ネタが微妙だ。忠村に聞くと、握っているのは話だけで、証拠写真などはないらしい。

有川はゲイで出張ホストを使っている。

確かに人に知られたくはないが、ゴシップレベルであり、社長を降りるほどのネタではない。そう言うと、忠村もネタの貧弱性は認め、荒崎には無駄だと言われたが独断で来たと言った。

殺しにきたわけでもなく、持ってきた取引ネタも却下した。じゃあ、これで一件落着ということで解放していいのだろうか？

そこに、出張ホストの店から電話がかかってきた。

通常、客の家に着いた時にはホストから店に連絡が入るそうだが、もちろんその連絡はなく、ホストと電話もつながらない。店側は謝罪し、代理の者を行かせると言われたが、それは断って電話を切った。

何か、変だ。

これでは、タクヤは「俺がしゃべりました」と言っているようなものである。このままトンズラするにしても、有川が使っているホストは数人いるのだから、もう少し自分だとバレないよう、忠村と打ち合わせをすべきではないだろうか。

全体的に変なのだ。なんというか、自然じゃない。

「もう、いいでしょう。この枷、外してもらえませんか？」

忠村が焦り気味にそう言うが、有川は別のことをメロンに命じた。

「この人の所持品を調べてください」

「なっ……」

メロンは頷くと、忠村の服をまさぐった。まず出てきたのは携帯端末と財布で、有川はその端末の履歴を見た。『ホスト』と登録された番号に、今日、忠村は電話をかけている。

そしてもう一つ、意外なものが出てきた。白い三口コンセントだ。一つのコンセントの穴を三つに増やせる、どこの家にでもあるようなものだ。

「ドライバー、ありますか」

メロンがそう言うので貸すと、三口コンセントを分解し、中を覗《のぞ》いて言った。

「盗聴器です」

その言葉には驚いた。

有川の部屋でも、これと似たようなコンセントを使っている。もし有川が飲み物の用意をしたり、トイレに立ったりした隙《すき》に、このコンセントと交換されたとしたら、まず気づかないだろう。

「……」

忠村は何も言わない。言えないのだろう。

有川はこれらの情報から、一つの仮説を立てた。

盗聴器を仕掛ける予定だったのは、タクヤだったのではないだろうか。

タクヤが設置して、有川の情事の淫《みだ》らな声を録音し、それを社長を辞めさせる脅しに使う算段だった。ところが直前になって、報酬が折り合わなかったか何かで、タクヤは拒否。急遽《きゅうきょ》、忠村が盗聴器を仕掛ける羽目になった。そう考えれば、来訪の理由が取ってつけたようなのも合点がいく。

怖い思いはしたが、これはいい材料が手に入った。このことを取締役たちに話せば、荒崎は今日で終わりだ。

「堀池さんに電話だな……」

そうつぶやいて、ローテーブルの上にある自分の携帯端末に手を伸ばすが、その前に、一つだけ確かめておきたいことがあったのを思い出した。出張ホストのタクヤが、忠村に何をどこまで話したかだ。

「瓜園さん、少し隣の貴方の部屋で待機していてもらえませんか。忠村さんと二人で話したいことがあるので」

メロンは眉を寄せた。わかっている。普通はこの状況で、人を減らすべきではないだろう。だがさすがに、メロンには聞かれたくない。

「一つだけ申し上げますが、今の状態で暴力を伴う尋問を行うと大変危険です。短期間の間にもう一度脳震盪を起こすと、セカンドインパクトシンドロームを引き起こすことがあり、そうなると死亡する可能性が」

「いや大丈夫、暴力は振るわないから」

そう約束すると、メロンは不承不承ながら応じ、「何かあればすぐ連絡をください」と言って隣に引っ込んだ。

すると、今まで無言だった忠村が話しかけてきた。

「……盗聴器の件は、なかったことにしてもらえませんか」

「それは無理でしょう。僕にどんなメリットが？」

「代わりに、ホストから聞いた話は一切、外部にもらしません」

その提案には心が揺れた。社長を降りるほどのネタではないが、知られたくないのは確かだ。

「ここで荒崎さんを潰《つぶ》さなくても、一ヶ月後の株主総会で退任になるのでしょう？　俺も貴方が望むなら、いつでも退職願を出します。どうか見逃してください。お願いします……！」

忠村は床に膝《ひざ》をつき、手枷をつけられたまま土下座をした。頭に打撃を与えてはいけないとメロンが言っていたのに、かなり勢いよく額を床にぶつけていた。

（どうするかな）

有川は腰に手を当て、忠村のつむじを見ながら思案した。

思えば今回の件は、荒崎が反省すればいいが、しなければ逆恨みで再び同じようなことをされる可能性がある。それよりは、「今度変なそぶりを見せたら盗聴器のことをバラすぞ」というネタを温存したまま、なかったことにする方がいい気もした。

だから、提案に乗るのもありかと思いながら、先に確認しておくべきことを口にした。

「タクヤからは、どんな話を聞いたんです？」

忠村は土下座から上半身を起こしたものの、気まずそうに口ごもった。これに関しては、どちらかというと有川はタクヤに腹を立てていた。

「僕のがどういう形だとか、最中にどんな声を上げるかとかですか？」

そんなことは聞いていない、と忠村は慌てて首を横に振った。

「月に二回はホストを呼ぶとか、背広で来させるとか、貴方がその……抱かれる側だとか、道具が好きとか……そんなことです」

「それから？　タクヤはおしゃべりですからね。もっと具体的に何か言ってるはずです」

忠村は眉を寄せて悩んでいる。これは、聞いた中で何が一番マシかを考えている顔だ。

そんなシモのことまで教えたのかと苦々しく思っていると、ようやく言えそうなことを思いついたのか、忠村は口を開いた。

「きゅうりがお嫌いだ、というのは聞きました」

全身の血が、ざぁっと、重力に吸い寄せられるように、引いた。

指先が震えた。信じられない。

よりによって、それ。それか。

それを言うか。

最大のトラウマをピンポイントに言及され、有川は瞬時に顔色を失った。

「あ……」

その表情の変化を見ていた忠村は、最初になぜ、という顔をして、そして――はっとした顔をした。

その顔を見て、有川も理解した。

忠村は、わかっていなかったのだ。ただ食べ物の好みの意味だと思って口にした。しかし有川の反応を見て、タクヤと話した内容を思い出し、理解したのだろう。

きゅうりが嫌いだ、というのは、きゅうりを後ろに挿《い》れて何か嫌なことがあった、という意味だと。

自分の反応のせいで、真実を知られた。

それを認識した途端、今度はカッと血が上り、足を後ろに振り上げた。

「ぐぅっ!?」

メロンとの約束も忘れ、忠村の腹に思い切り蹴りを入れていた。メロンの最初の一撃が腹に入っていたこともあり、忠村は再度の衝撃に目を剝いた。口から吐き出すように唾《つば》が飛び苦しげな表情が見えたが、忠村の体を仰向《あおむ》けに踏み倒し追い打ちで何度も踏みつけた。靴をはいていればよかったとさえ思った。

自分はもう、社長なのだ。

愛人の子と揶揄《やゆ》する人間はもういない。ホモだと表立って馬鹿にする人間もいない。社長に就任した今日この日に、金で雇ったお気に入りの男と祝杯を挙げ、やっと自分の尊厳を回復できるはずだった。

なのに。

『あいつさぁ、ケツにきゅうり挿れたら折れてさ、取れなくなって病院行ったの。騒ぐからさぁ、救急車まで呼んで……笑えるだろ？』

自分を捨てた大学の先輩の声が、フラッシュバックする。

その運ばれた先の病院に父の親類が勤めていて、「有川が男の恋人と病院に来た」という話が親戚中に広まった。それで父の後継者として入社する話は白紙になった。それを泣きじゃくって言ったら、きゅうりを突っ込んだ張本人にはあっけなく捨てられた。しかもその時のことを言いふらされ、周囲の反応に耐えきれず、大学院を中退する羽目になった。有川はすさんだ。人間不信になった。二度と恋人を作るまいと誓った。

だから、それだけは、きゅうりの話だけは、絶対に抹消しなければならなかったのに。

「ぐ……あ……っ」

何度も同じところを踏みつけられ、忠村は仰向けから横向きになり、体を丸めて腹をかばった。

有川はようやく足をどけた。はぁっ、はぁっ、と息が上がっていた。

有川の中では、きゅうりのトラウマと、後継者から下ろされたことはセットになっている。なので、トラウマで傷つけられた尊厳を回復するには、後継者の座をもぎ取る必要があった。

だから社長になったのに、社長になったせいでトラウマが敵に知られた。

なんだこれ、意味ないだろ。

社長になったら吹っ切れる。もうあの過去とは切り離された新しい自分になれる。そう思っていた希望が、まさに社長になった今日、消え失せた。

どうするんだ。

どうしてくれるんだ、この男。

有川は光のない真っ黒な目で、忠村を凝視した。

さっきの取引だけでは到底安心できない。ホストの話を他言しないと言っても、こちらの致命的な弱点になるネタに気づかれた以上、それを荒崎に話されるリスクは高い。

一つの案が閃《ひらめ》き、即断する。

この男にも一生消せない下ネタを作って口止めする。それしかない。

有川は床に転がった忠村を睨みつけたまま、口を開いた。

「さっきの盗聴器をなかったことにする件、ホストの話を他言しないという条件にプラスして、もう一つ、聞いてくれるなら応じます」

「な……んですか」

「貴方が僕の相手をしてください」

「……は……？」

「貴方のせいで、一番お気に入りのホストがいなくなったんです。その代わりですよ。叔父が退任するまででいいんで」

忠村は啞然《あぜん》として、聞き間違いではないかという顔をしている。

「嫌ですか？　じゃあ、今すぐ堀池さんを呼びます」

携帯端末に手を伸ばすふりをすると、忠村は慌てて返事をした。

「わ、わかりました。俺が、ホストの代わりを務めます」

「じゃあ、さっそくですけど、ベッドに座ってください」

忠村は戸惑いながらも、電話されてはたまらないと体を起こし、手足の短い鎖をがちゃがちゃいわせながら、なんとかベッドに腰掛けた。

近づいた有川は、忠村の背広には触れず、ネクタイをほどき、ワイシャツのボタンに手をかけた。

「……」

さっきまで自分を蹴っていた相手に服を脱がされるという状況に、忠村の緊張が伝わってくる。ボタンをすべて外すと、適度に筋肉のついた均整のとれた体が現れた。過去に何かスポーツをやっていたのかもしれない。いい体だなと頭の隅で思いながら、肌に手を這《は》わせ、胸の小さな尖《とが》りに触れた。

なんの反応もない。

少しいじってみたが、つまんでも転がしても硬くならない。男のそこは初めてだと大して感じないことを久々に思い出し、そこは放棄して下に移動することにした。

下を脱がせるために忠村の足元にしゃがみ、足首につけている足枷を片方外す。外した枷はベッドの足に固定した。

片足を自由にし、ズボンと下着を片足から抜く。その足は床には下ろさず、折り曲げてベッドの上に置かせた。

「……」

片足はズボンをはいたままなのに、もう片方は靴下だけという卑猥《ひわい》な格好だ。しかも股《こ》間《かん》は丸見えになっており、忠村はひどく気まずそうにした。

「相手をするって、俺の方が何かするんじゃないんですか……？」

有川の目的が性欲を満たすことならそうだろうが、今は写真を撮るのが目的だ。そのことに気づいていないなら知らせる必要もないと、有川は答えずに、忠村の垂れたものに手を伸ばした。

まずはしごく。ご無沙汰だったのか、物理的な刺激だけでも反応はした。しばらく続けて、少し形を成したところでローションを取ってきて、それを手に垂らしてまたしごいた。

「……っ」

忠村が眉を寄せる。さっきと違い、それは急激に硬さを増していく。

ただ手でするのでも、ローションを使うと気持ちよさが全然違う。ぬるぬるになったそれをリズムをつけてぐちゅぐちゅとしごくと、かなりの大きさになり、腹につきそうなほど角度を持った。

「あ……」

信じられないとでもいうように、忠村は自分の反応を見下ろしている。男にされて感じることに戸惑っているのだろう。有川は薄暗い優越感を覚え、さらに強弱をつけて欲情を煽《あお》った。

「くっ……」

反射的に手を動かしてしまうのか、がちゃがちゃっと手枷の鎖が鳴る。枷のせいで自由に動けず、ベッドの上で窮屈そうに身をよじらせている。

頭上から下りてくる息が、だんだん荒くなっていく。

それでも、男にされてイくのはプライドが邪魔するのだろう。眉間の縦じわが深くなり、イきそうになるのを懸命にこらえる表情は、少し燃えた。

指先で裏筋を下から上になで上げると、びくびくっと震える。敵にこんな状態にされ、悔しげに唇を噛《か》むのがそそる。有川は抱かれる側なので責められる方が好きだが、こんな状況でなければもっと楽しめたのにな、とは思った。

しかし悠長にするつもりはない。有川はさらに追い上げるため、すでに充分に張り詰めたものを口に迎え入れた。

「……っ！」

じゅぶじゅぶといやらしい音をわざと響かせて吸い上げ、袋にもローションを垂らしてやわやわともみしだく。ホスト相手に奉仕することもあり、有川はそれなりにうまかった。

有川のねちっこい責めに、忠村の足が小刻みに震え始める。

「もう……イ……っ」

かすれた声がもらされる。有川も彼の限界を察知し、口から抜き、手を離した。

刺激がなくなっても勢いが止まることはなく、忠村はびゅくっと白濁を飛び散らせた。

その瞬間、パシャッと電子音が響き、フラッシュが忠村を照らした。

「な……」

有川はテーブルから取った携帯端末を忠村に向け、連続で写真を撮っていた。

生理現象は急には止まらない。白い飛沫《しぶき》がびゅく、びゅくっと噴き出す間もフラッシュは光り、写真は何枚も撮影され続ける。嘘だろ、と忠村の顔が強《こわ》ばった。

「大丈夫ですよ。あくまで個人的なコレクションですから。……僕の機嫌を損ねない限りは、ね」

まずは一つ、人に知られたくない下ネタを作ってやった。だが、これですますつもりはない。

撮れた画像を確認する。写りは悪くないが、内容的にこんなものでは足りない。やはり、野菜を突っ込まれてよがる写真は必須だろう。

何がいいか。きゅうりは見るのも嫌なので、にんじんあたりか。

けれど手元にそんな野菜はないし、異物を突っ込んでよがらせるには、ある程度日数が必要だと知っている。

有川は次の一手を打つことにした。

「忠村さん、来週から、貴方を僕の秘書にしますから」

忠村は目を見開き、ますます意味がわからないという顔をした。

「どう……して……？」

どうして、だって？

毎日顔を合わせる状況に置けば、早く調教が進むし、管理もできる。有川としては、こんな懸案はさっさと片付けたいのだ。それが片付いた時点で、この男は辞めさせてもいい。

「逆らっても無駄ですよ。もう、僕が社長なんですから」

「……」

今日だけでは終わらない。何日も何日も嬲《なぶ》られながら生殺しの状態が続き、最後は破滅させられる。

その結末が見えているだろうに、それでも忠村はどうすることもできない。荒崎の立場を守るためには、従うしかないのだ。

自身の白濁で腹のあたりを汚したまま呆然《ぼうぜん》としている忠村を見て、口の端を吊《つ》り上げる。

お前も、世間に顔向けできないような下ネタで、一生、後ろ暗く生きるがいい。

有川は眼鏡のフレームを中指でついと押し上げ、陰湿な笑みを浮かべた。


翌週の月曜日、有川は社長就任の挨拶《あいさつ》を社員たちの前ですませたあと、社長としての第一日目を社長室でスタートさせていた。

社長の席は、入り口から見て右奥にあり、ダークブラウンの重厚な両袖《そで》机と、本革張りの黒い椅子《いす》が、壁を背にする形で鎮座している。

部屋の中央にはローテーブルとソファの応接セットがあり、入り口付近にメロンと忠村の机が並ぶ。上司と秘書は同室で仕事をするスタイルだ。

今日、発出された辞令に従い、忠村もすでにその席に座っていた。社長秘書はメロンと忠村の二人体制でいくことになる。今は二人とも電話対応に追われているが、忠村の方はいつもの切れがなく、どこか動きが鈍かった。

忠村を秘書にすることに、メロンはもちろん反対したが、最後は依頼人には従うと引き下がった。忠村が盗聴器を持ってきたことも他言せずに黙っているようだ。それは、堀池が渋い顔ながら、忠村を社長秘書にするのを承諾したことで確認が取れた。盗聴器の件をメロンから聞いているなら、堀池が認めるはずがないからだ。

(さて……)

昼休みのチャイムが鳴ったところで、メロンが席を立った。

「お手洗いに行ってきます」

「ああ、どうぞ」

メロンは無言で有川を見る。忠村がいる空間に有川を残してはいけないと言いたげだが、その訴えは退ける。

「大丈夫ですよ。まさか、社長室で何かしたりはしないでしょう」

「……何かあれば、すぐ連絡を」

メロンは短く言うと、一礼をして出ていった。

これで、二人きりだ。

席を立って近づくと、忠村は青い顔を向けてくる。有川はあえて涼しい顔で聞いた。

「僕の秘書になることになった経緯、叔父にはどう説明したんです？」

「……盗聴器のことを、貴方に黙っていてもらう代わりに、……気に入られたので秘書として働くことになったと、説明しました」

「ふぅん」

きゅうりの話を荒崎にしたのかどうかは気になるが、どちらであろうと、「話していない」と言うだけなので聞いても無駄だろう。

「それで、叔父はとりあえず貴方をおとなしく差し出した、というわけですか」

忠村は眉を寄せ、睨むようにこちらを見た。

「……自分の失態ですから、自分で責任を取る、というだけです」

「そうですか。――ちょっと立ってもらえます？」

忠村は何をされるのかという顔をしながらも逆らえず、事務椅子から立ち上がる。

有川は忠村に近づいて腰に片腕を回し、自分より十センチほど高い男の体を抱き寄せた。

「何……っ」

すかさず、もう片方の手を男の尻《しり》に回し、服の上から双丘の奥に触れる。そこには確かにシリコンの硬い感触があり、満足する。

金曜の夜に忠村を解放する際、アナルプラグを渡していた。同じアナルプラグのシリーズでは一番小さいSサイズのもので、出社する時は毎日つけてくるよう命じておいた。

「会社にこんなものを挿れてくるなんて、いやらしい」

ささやくように揶揄すると、忠村はかっと顔を赤くして、有川を押しのけた。

「あんたがっ」

「僕が、なんです？」

「……っ」

忠村は何か言い返したそうにしたが、結局は口をつぐんだ。彼は有川の言いなりだ。

あの夜、なんの担保もなく忠村を解放したわけではない。証拠として、「自分は盗聴器を持って来訪した」と供述させる動画を撮っているし、盗聴器も保管している。取締役たちを信じさせるには充分だろう。

これから数日ごとに大きいサイズに変え、野菜が難なく入るサイズまで広げて写真を撮る。そうすればこの男の口を完全に封じることができる。

その時こそ、自分はトラウマから解放され、新たな人生を歩める。

今の有川にとっては、それが何よりも優先事項になっていた。

それから三日後の、木曜日の朝である。

忠村直人は始業前に社長室に入り、あるべきでない光景を見ながら、しばし立ち尽くしていた。

始業三十分前にして、すでに社長である有川は出社し、それにつき添ってメロン――荒崎が「瓜じゃなくてメロンだな」と言っていたのが頭の中で定着し、コードネーム化している――も出社している。それで有川が朝から何に精を出しているかというと、多分メールチェックだ。

本来なら秘書の仕事であるが、それを有川がこなしている。

なぜか。

秘書がまともじゃないからだ。

有川はメインの秘書をメロンにしているが、そのメロンの作ったスケジュールが、なかなかにひどかった。

秘書である忠村も社長室にいるので、有川が誰と会っているか全部わかるのだが、月曜は前社長と親しくしていたという人物に一方的にコンサートの協賛を依頼され、火曜は前社長と知り合いだという人物から出資を頼まれ、水曜はつき合いのない議員に後援会への入会をせっつかれ、さらに証券会社の投資信託のご説明なるものまでスケジュールに組み込まれていた。

月曜と火曜はアナルプラグを入れ始めたばかりで余裕がなかったし、たまたまかと思ったが、水曜の夜になってさすがにおかしいと思ってメロンに聞いたところ、スケジュールは先着順で決めているという答えが返ってきた。

社長のスケジュールが、先着順で埋まる。

それを聞いて有川もショックを受けていたが、忠村はそれ以上の衝撃を受けていた。社長の秘書を引き受けたのだから実務経験があるのかと思っていたら、とんでもない。このボディガードは秘書に関しては、多少知識があるだけの、ど素人だった。

この風華堂の、仮にも社長秘書が、それでいいはずがない。

忠村は有川の机の前に行き、パソコン画面をちらりと覗く。昨日《きのう》、有川が自分ですると メロンに言っていた通り、やはりメールチェックをしていた。メロンには何が重要かがわからないと判明したからだ。

「……なんです」

有川が邪魔そうに顔を上げる。

「そういうことは、俺に任せていただければチェックしますが」

「……いいです。僕がやります」

ふいと目をそらし、有川はまたパソコン画面に目を向けた。

いや、無理だろ。

有川は敵だからと忠村に仕事をさせたがらないが、有川が秘書の分まで仕事をするのは無理がある。今は社長に就任したばかりで、主な仕事といえば挨拶回りぐらいしかないが、すぐに業務が回らなくなるのは目に見えている。

（だから、どうして俺を秘書にするんだと、最初に言ったんだ……っ）

秘書というのは一番の味方であるべきだ。なのに、敵を秘書にするというのがそもそもおかしい。

忠村にとっても有川は敵だ。有川によって自分が、荒崎の退任とともに解雇されるのも目に見えている。

その上、脅されて後ろにプラグまで突っ込まれているわけで、有川を助ける理由は欠片《かけら》もなく、本来なら、せいぜい息を潜めてこの部屋の隅で縮こまっているはずだった。

だが、事態はそんな悠長なことを言っている場合ではない。ここは社長室として、まったく仕事を回せていないのだ。

「俺にも仕事をさせてもらえませんか。悪意で足を引っぱるようなことはしませんから」

そう助け船を出してやったのに、有川はこちらを見もせず、メロンに聞こえないようにぼそっと言った。

「自分の立場がわかってないんですね。貴方はせいぜい、後ろの穴を広げることに専念してればいいんです」

途端、ぴくっとこめかみがひくついた。

よく言った。このエロ社長が。

そう言って胸倉をつかみ上げたい衝動に駆られたが、もちろん自制して席に戻った。

だがしかし、怒りはふつふつと沸いてきて収まらない。

忠村にはこの三年、風華堂で秘書を務めてきたという自負があった。それは他の職歴と違って忠村にとっては大事なことであり、秘書としてのプライドもある。なのにその能力を知りもせずに、ないがしろにされるのは我慢ならない。

それに、忠村が秘書として在籍している状態でこの様だとは思われたくない。解雇されるまであと一ヶ月だとしてもだ。

このままで引き下がれるか、と忠村は打開策を考え始めていた。

　その日のスケジュールは、午後六時過ぎにはすべて終わり、有川はメロンの運転する車で帰途についていた。本来なら、社長も含めて取締役にはお抱え運転手がつくそうだが、警備上の観点からメロンが運転手も兼ねていた。

　今日は、これまでの三日間とは打って変わって、どうでもいい人間に会わされることなく、まともな一日を過ごさせていた。

　げんなりしていた気持ちが少しだけ軽くなる。メロンも懲りたのだろうが、それにしても速やかな改善だ。

「今日のスケジュール調整は、いい感じですね」

「はい、忠村さんが朝、必死に調整し直していました」

　目の前の運転席に座っているメロンを無言で見る。忠村にそんな仕事をさせたのか。

「私がスケジュールを組んでも社長を疲弊《ひへい》させるだけなので、忠村さんに任せましたが、いけませんでしたか」

　敵陣営の秘書にスケジュール調整をさせて、その通りに動く社長。

　それはどうなんだと思ったが、自称前社長の知り合いに振り回されるスケジュールと比べてどっちがマシかと考えると、実に悩ましいところだ。

「瓜園さんが忠村さんに頼んだんです？」

「いえ、彼の方から、やらせてくれと申し出がありました」

「……そんな元気があったんですか」

なぜ忠村がそんなやる気を出しているのか意味がわからなかったし、気に入らなかった。奴隷《どれい》秘書は奴隷らしくしていればいいのに。余裕ができたなら、一つサイズの大きいプラグに変えてやろうか。

そんなことを思いながら翌日メロンと出社すると、すでに忠村は社長室にいた。

「おはようございます」

笑いはしないが、あのいい声で挨拶をされる。彼はジョウロを持っていて、観葉植物に水をやっている最中だった。それが終わると、コピー機の用紙が切れかけていたのを補充したりと、目についた雑用をこなしている。

なんのつもりだ。当てつけか？

有川はせっかく早く出社したのに、苛《いら》ついてメールチェックをする気になれず、社長室を出た。しかし行く当てもないので、無目的に社内を歩いてみたりする。

すると、後ろから廊下を走ってくる足音が聞こえてきた。なんだ、と思って振り返って、硬直した。

「先輩っ」

こぼれそうなほど大きな目。少し長めの前髪に、肩から下の毛先がゆるくバラけるフェミニンな髪型。小柄で、細くて、ピンク色の唇から甘酸っぱい声音を響かせたのは、かつての大学のサークルの後輩だった。

すーっ、と血が一気に下降するかのような感覚に囚《とら》われる。

トラウマの真相を知っている人間が、なぜここに。

「ああ……坂本《さかもと》、さん」

「お久しぶりです、有川先輩」

女子社員の制服に身を包んだ彼女が、嬉《うれ》しそうに声を弾ませる。

「久しぶり。ここに勤めてたんだね。知らなかった」

彼女は有川がゲイだと知っているし、きゅうりが取れなくなって病院に行ったことも聞いているはずだ。

それでも有川は平静を装い、笑みを浮かべた。忠村の時のように、動揺を見せるような失態は避けたかった。

「はい、地元で就職活動して、なんとか採用してもらえました」

知り合った大学はここじゃないのになぜと思っていたが、そういえば同郷だったと内心で舌打ちする。風華堂は地元では優良企業と言われており、そこに彼女が就職を希望しても不思議はなかった。

では次に疑問なのは、なんのために今、話しかけてきたかということだ。

「ええと……坂本さんは、どこの所属かな」

「総務部です。入って二年半になります」

「じゃあ、そろそろ、もう一段上の仕事をしたい頃？」

「そんなことないですっ。まだまだ、至らないことが多くて、総務の先輩方に助けられてばっかりなんです、私」

慌てて顔の前で手を振っている。

出世させろアピールではないのか。

じゃあ、「私は社長と知り合いなんです」アピールか？

と思うが、周りには誰もいない。そもそも彼女が走ってきたのは、有川が一人でいるのを見つけたからだろう。

じゃあ、なんだ。

坂本はじーっと有川を見つめ、ひまわりが咲くように笑った。

「先輩、社長にご就任、おめでとうございますっ」

「あ、ああ、ありがとう……」

「大学の頃、ずっと言ってましたよね。こんなケーキを作りたい、あんなケーキも作りたいって。私、先輩が作るケーキ、すごく好きでした」

「……」

スイーツ研究会というサークルで、サークルの人間とケーキを作っていた頃の記憶が、気まずさとともに思い起こされる。年数にすれば三年前の出来事だが、有川にはもう、遥《はる》か遠くのことのように感じられる。

「人を幸せにするケーキを作りたいって、先輩おっしゃってて、ああいいなぁって。私、だから、先輩が社長になってくれて、すごく嬉しいです。……ごめんなさい、なんかうまく言えてないかも」

「いや、そんなことないよ」

有川は笑ってみせたが、その笑顔が引きつらないようにするので精一杯だった。

「すみません、お忙しいのに、引きとめてしまって。私、その、先輩の力になるとか多分できないと思いますけど、仕事、がんばりますっ」

「うん、ありがとう」

彼女はぺこん、と深々とおじきをし、またぱたぱたと走っていった。

有川は、鉛を呑み込んだように、体が重くなるのを感じていた。

トラウマの真相を知っている人間が現れたことより、無邪気に応援する彼女の笑顔がずんと腹にくる。

なんだ、この居心地の悪さ。

自分はあのトラウマになった事件以来、社長になって周囲を見返すことだけに執念を燃やして生きてきた。そして今、やっと社長になり、かつての後輩が尊敬のまなざしで自分を見て、褒め称えた。自分の思い描いていた通りのことが起こったのだ。

なのになぜ、見返してやったと思えない？　尊厳を回復したと晴れやかな気持ちになれないのだ？

彼女が見ていた頃の自分と今の自分の落差に、薄ら寒いものを覚える。人を幸せにするケーキを作りたいなんて、すっかり過去のものになっていた。

あの情熱は、どこにいったのだろう。

あの頃は、やりたいことがいくらでもあった。なのに今したいことといえば、忠村に野菜を突っ込んで写真を撮るぐらいしか思いつかないことに愕然《がくぜん》とする。

社長になったのに、思い描いたような晴れやかな日々にならないのは、忠村の横やりのせい。だから忠村の口を永遠に封じるのが何よりも先だと思っていたが、そんなことをしても多分、この胸にわだかまった居心地の悪さは消えない。

社長になれば、自分は尊厳を回復できる。

それが本当に正しいのか、ここにきて、にわかにぐらつき始めた。


その日は一日、取引先を回るスケジュールになっていて、有川がメロンと帰社したのは、午後八時過ぎだった。

最後に回った取引先との話が長引いたため、予定より大幅に遅れての帰社になり、しかも金曜ということで一週間の疲れも出ていた。

早く帰って、土日はゆっくりしよう。

そう思っていたのだが、まだ残っていた忠村がおもむろに有川の机の前にやってきた。

「谷田《たにだ》取締役からゴルフのお誘いがあったそうですが、参加されてはいかがでしょうか」

ああ？　と顔をしかめた。

確かに誘われていたが、それはプライベートの話だ。なんでそんなことを言われなければならないのか。

「その話は、三日前に谷田さんに断ったはずですが」

「そのゴルフが、社長就任祝いのゴルフだったことはご存じですか？」

一瞬言葉に詰まり、「いいえ」と返した。

「でも名目はどうあれ、僕はゴルフなんてほとんどやったことがない……」

「明日の土曜のゴルフに参加するメンバーは、堀池常務と溝渕《みぞぶち》取締役と谷田取締役です」

つまり、荒崎以外の取締役が全員参加するということだ。それを聞いて有川は黙った。

「取締役の方々はよく一緒にゴルフをされていますから、会社の重要な方針がゴルフ場で決まることも多々あります。そこに参加しないと、蚊帳《かや》の外になりかねません」

有川はまじまじと忠村を見た。

今思い出したが、その件は席を外している時にメロンが電話で応対し、あとで有川が伝言メモを見て、メールで返事をしたのだ。

有川がどう返事をしたのか、忠村は知り得ないはずだ。それを知っているということは、谷田から話を聞く機会があったのだろう。それで参加すべきだと判断して、わざわざこうして進言してきたらしい。

秘書は上司と社内の人間のパイプ役になるのも仕事の一つだ。社内でコミュニケーションを取って、必要な情報を上司に伝える。

忠村はまさに社長秘書として社内の人脈を使い、真っ当に、なんの手も抜かずに動いているようだ。体にプラグを挿入させられている状態でだ。

「なんのつもりです」

「社長秘書に任じられた以上、それに見合う仕事をしているだけです」

プラグのせいで顔色はあまりよくないが、当たり前のように返してきた。

「僕に気に入られろとでも、叔父に言われましたか？」

「そんな指示はないです。連絡さえ、取っていません」

え……。

忠村はすっと目をそらした。まるで同情を拒むように。

「そんなことより、ゴルフの件はどうされますか」

「……わかりました。参加すると、谷田さんに伝えてください」

「それは、社長がご自身で電話でお伝えした方がよろしいかと思います」

思わず眉を寄せると、メールで断ったのは失礼だったと説明され、有川は反発した。

「仕事ならともかく遊びの返事ですよ？　メールですませて何が悪いんです？」

「実際、谷田取締役は対応が冷たいと感じたようですので、問題があったと考えるべきでしょうね。こういうものはルールではなく、人間関係を円滑にするためにどうすべきかという話です」

理屈はわかるが、感情がついていかない。つい不服を顔に出すと、忠村はここぞとばかりに言ってきた。

「それに社長の場合、取締役には全員、今は気を使った方が得策かと。実際、社長が何かしようとしても、取締役の同意なしには何もできない状態だとお察ししますが？」

有川のこめかみがぴくりと反応する。堀池が担ぎ上げただけのお飾り社長に、忠村は口元を吊り上げて皮肉を言った。

「お互い、なかなか自分の立場を認識できないものですね」

この男。

ぎろりと睨みつけるが、その視線はさらりとかわされ、「谷田取締役の携帯番号はこちらです」とメモを差し出された。

ゴルフは明日だ。電話するならさっさとしないといけない。

有川は歯嚙みしながら、携帯端末を取り出して谷田に電話をかけ、社長就任祝いのゴルフを企画してもらった礼と、是非参加させてほしい旨を告げた。そしてしばらく談笑したあと電話を切り、こちらを見ていた忠村と目が合った。

その忠村のしてやったりという顔の、なんと憎たらしいことか。

「……にやついてないで、仕事が終わったなら、さっさと帰ったらどうです？」

「俺は秘書ですから、基本的に退社するのは上司のあとです」

ああそうですか。

有川は革張りの椅子からがたんと立ち上がり、早々に帰り支度をしてメロンと社長室を出た。

苛立って歩きながらも、完全に勝負はついていた。

忠村のあの秘書としての真っ当さに、自分が上司として釣り合っていないのが、ひどく悔しい。

トラウマ以外のことで、こんなに強い感情を抱いたのは、久々だった。

「売上が落ちているのは、ケーキの味が一因だって？」

翌週、喫煙室で始業前の一服をしている堀池のところに出向き、有川は訴えていた。

「そうです。一因どころか、おそらく主要な原因です。ここ最近、味が落ちているのは、常連客なら皆、感じていることだと思います」

「そんなデータは上がってきてないな」

データ？

ふぅ、と煙を吐く堀池を見ながら、少しあっけにとられる。データがないって、食べればわかることだと思うのだが。

風華堂はおいしい、というブランドイメージが地元では定着しているため、高をくくっているのかもしれないが、有川から見れば、今は競合他社のリデールの方がおいしい。

リデールというのはここ数年でチェーン店を増やしているケーキ屋で、風華堂の規模にはまだまだ及ばないものの、地元で急成長している存在だ。有川が大学院を中退したあと、ごく最近まで二年半勤めた会社も、このリデールだ。

「僕は長年、風華堂のケーキを食べ続けています。味が悪くなっているのは確かですよ。それにリデールのケーキと比べても、今は味においてはリデールに軍配が上がります」

「それは君個人の感想だろう。単に君の好みが以前と変わっただけではないかね？　とにかく、しばらくはおとなしく我が社の社風を学んでいたまえ」

有川はもどかしい思いで堀池を見ていた。

先週、忠村にやり込められ、雑事をこなすだけの社長だと思われたくないという対抗心から、以前からリピーターとして気になっていたことを議題にしようとしたのだが、相手にもされなかった。

——というか、有川はてっきり、味が落ちているのを承知の上で、利益優先に舵《かじ》を切ったのだと思っていたのに、堀池の反応を見る限りでは、味が落ちているという認識はなさそうだ。製造畑出身の社長だった父はさすがにわかっていたと思うが、その父はもういない。しかも、今の取締役には製造畑の人間が誰もいない状態だった。

これでいいのだろうか。

もやもやとした気分のまま社長室に戻り、メロンが淹《い》れてくれたコーヒーを一口飲む。しかし今日は一段とコーヒーからかけ離れた味がして、思わずカップの中を覗いた。

コーヒーは毎朝メロンが淹れてくれるものの、ぜんざいのように茶色く、見た目からしてコーヒーじゃない。製造方法については、インスタントコーヒーをほとんど入れずに、角砂糖を五個ぐらい入れたらこうなるのではないかと推測しているが、強《し》いて味を表現するならば、子供向けの甘いコーヒーゼリーにコーヒーフレッシュをたっぷりとかけ、それを濃厚にして液体にしたような味がする。

一言言おうかと毎日一度は思うのだけれども、彼女は秘書ではなくボディガードだ。それらしく振る舞ってくれているだけでよしとすべきかと、メロンが社長室から出ていくのを見ながら、今日もそのだだ甘い液体をぐいっと喉《のど》に流し込んだ。

「何かありましたか」

不意に声をかけられる。見ると、忠村が事務椅子を回転させ、こちらに顔を向けていた。

……なぜわかるのだ、と思う。

忠村が秘書になってからまだ二週目だというのに、上司の機微がわかるかのようなタイミングで声をかけられたことに驚く。そしてそれを見て、クス、と忠村がかすかに笑った。

当たっただろう、と目が言っている。

カチンときて、何もない、と言おうとしたが、それではますます負けた気分になる。

有川はぶすっとした顔でカップを置き、机の前に来た忠村に、堀池とのやり取りを話した。すると。

「売り場のスタッフの声を集めてはいかがでしょうか」

「……え？」

こんな愚痴みたいな話に具体的な提案が返ってくるとは思わず、目をぱちくりさせた。

「お客様に接しているスタッフなら、そのようなリピーターの声が増えているかどうか、わかるかもしれません」

「え……ええと、そういう現場の意見は、報告として上がってきてはいないんですか？」

「それでしたら、『気づきの声』というものが数年前に導入されましたが、今は形骸《けいがい》化しています」

他にも打てば響くように、ほしい情報がすらすらと返される。秘書は社内事情に精通しておくべきではあるが、それにしても、忠村がいかに精力的に業務に努めてきたかが垣間《かいま》見《み》える。

本当に、この男は真っ当な秘書だ。

「スタッフの声を聞くなら、店舗巡りをしてみますか？　社員に新社長を身近に感じてもらうという意味でも、いいかもしれません」

店舗巡り。

その単語を聞いて、にわかに心が弾む。仕事という感覚ではなく、やりたいと思った。

「必要なら、明日からでもスケジュールに組み入れますが」

「いや、でも、堀池さんにおとなしくしとけって言われたばかりなんですけど」

「『我が社の社風を学んでいろ』と言われたんですよね？　でしたら、味の調査ではなく、『新社長の視察』を前面に出せば問題ないかと」

しれっと言ってのける忠村に舌を巻く。

「……相手は会社の実質のトップなんですけど、いいんですか？」

「いいんです。堀池常務とは今まで散々やり合ってきているので、何が通って何が通らないかは大体わかります。第一、貴方は株の四割を所持している大株主なんですから、もっと強気でいってもいいでしょう」

「この前は、取締役には全員気を使えって言ったじゃないですか」

「相手のメンツは保ちつつ、言いたいことは言えばいいんです」

存外に頼もしい。

もしかして、堀池が忠村を毛嫌いする理由の一つは、この有能さかもしれない。確かに敵なら目障りだろう。

「じゃあ、どうせなら日数かかっても全店行きたいんですけど、今、何店舗でしたっけ」

「四十です。この二年で六割増加しています」

「それって急激ですよね、やっぱり」

何気なくつぶやくと、忠村は眉根を寄せた。

「なぜそんなに拡大路線に反対するんです」

「……え？」

「慎重なのもいいですが、保守的なだけでは時代に取り残されます。同業他社も進出してきている時に、今のままでいいというのは……」

「え、ちょ、ちょっと待ってください。僕は店を増やすことには反対してませんよ？　ただ、拡大の仕方が急すぎると言っているだけで」

　すると、忠村は目を瞠《みは》った。

「……そうなんですか？」

　ええ、と続ける。

「急激に店舗数を増やすといろいろなところに無理が生じます。味が悪くなっているのも、新店の設備投資ばかりにお金を回して、人件費や原価率を抑えすぎているのが原因じゃないかと睨んでいます。長期的に規模を大きくすることには賛成ですよ」

　その答えを聞いて、忠村はかなり驚いているようだが、そもそも、なぜ拡大路線に反対していると思われていたのかが謎《なぞ》だ。それを聞くと、忠村は戸惑いながら答えた。

「荒崎さんが拡大路線を提唱した際、前社長や他の取締役の方は大変慎重で、説得にかなりの苦労を要しました。貴方が社長になるのを荒崎さんが阻止しようとしたのは、貴方が前社長以上に保守的で、会社の成長に欠かせない拡大路線を取りやめる危険性があるからだと聞いていたのですが」

　今度は有川が眉を寄せる番だった。

「僕、叔父とまともに話したことなんてないですよ？　なのに、なんで僕の方針なんてわかるんです」

「……荒崎さんからは、何度か貴方と話したことがあると聞いていました。前社長から貴方の考え方をよく耳にしていたとも」

「父ともそんな話、したことないんですけど」

「……」

忠村は言葉を失っていた。そんな馬鹿などという狼狽《ろうばい》が顔に表れている。

「もしかして、叔父は貴方に嘘を言って、盗聴するよう仕向けたのでは」

「……別に、大した嘘じゃないですよ。どんな理由であれ、いえ、理由が示されなくても、俺は同じことをしたと思いますから」

そう、声はなんでもないように言ってのけるが、目は傷ついている。俺を動かすのに嘘など必要なかったのにと寂しげな顔をする。まるで捨てられた犬のようだ。

「……話が途中でしたね。それでは店舗巡り、全店回る方向で調整します」

気持ちを切り替えるように言い、忠村は踵《きびす》を返して席に戻った。その、何か言われるのを拒む姿が痛々しく荒崎に憤りを覚えるが、そんなことを思う一方で、自分は忠村にプラグをつけさせたままなのだ。

今回のことだけでなく、ゴルフの件でも進言をもらえて助かった。なのに、まだその仕打ちというのは自分でもどうかと思う。

先週と比べると、忠村の動きにぎこちなさはなくなり、顔色は普通になった。プラグに慣れたのだろうが、体が変態になったというよりは、いじめに慣れたという風情だった。

それもいたたまれない。

「……ほんとに、なんなんですか貴方は。策略ですか？」

「はい？」

「僕にプラグを抜けっていう無言の圧力とか」

忠村は再び椅子を回転させてこちらを向き、少し間を置いて答えた。

「抜いてくれるなら抜いてください。仕事の邪魔なのは確かです」

「……」

正直なところ、ここまで戦力として使い始めてしまうと、写真を撮るのは心理的にほぼ無理である。

しかし、きゅうりの話を、本当にあの写真だけで口止めできるのかという確信が持てず、もういいとも言えない。あれを口止めできるかどうかは、有川にとっては死活問題なのだ。

返事ができずにうつむいていると、忠村はため息をついた。

「俺が言うのもなんですが、あんたは俺のことを堀池常務に言うべきだったと思いますよ」

突然そんなことを言われ、思わず顔を上げる。

「俺が知ってるのは、きゅうりが嫌いだってことだけです。これで一体、なんのネタになるって言うんですか。俺を恐れる必要なんて、どこにもないと思いますがね」

静かな声だ。

普段は部下という立場に徹している忠村だが、これは年上の人間としての言葉だとわかり、どきりとする。

「きゅうりで何があったのかは知りませんが、犯罪を犯したとかではないのでしょう？」

「そんなんじゃ……ないですけど」

「じゃあ、いいじゃないですか」

忠村の表情が緩む。彫りの深い目元から鋭さが消え、安心したように細められる。

それは、忠村が有川に初めて見せた笑みだった。

（あ……）

思わず惹《ひ》きつけられる。

その顔が、意外にも優しかったから。

そこにメロンの足音が聞こえてきて、忠村はまたパソコンの方に向き直った。

有川も業務に戻ったが、もう少し忠村の笑顔を見ていたかったなと、思った。


「これをご覧ください」

翌週の月曜日、メロンから書類を差し出された。しかも取引先から帰社する、車内でだ。人目のあるところでは見せられない書類ということか。

見ると、忠村の身辺調査の報告書だった。

「忠村さんのこと、調べてたんですか」

「はい。しばらく同じ空間で過ごすなら、どういう経歴の持ち主か、知っておく必要があると判断しました」

有川は書類をめくり、忠村の経歴を読む。

小学生の時に親が離婚。高校中退後、暴走族をしながら職を転々とし、二十歳の時にケンカで人を刺す事件を起こす。殺人未遂で実刑判決が出て服役。

その記述に目を疑った。

前科。

しかも、殺人未遂。

今の真っ当な忠村からは、想像もつかないような過去だった。

それ以後の経歴にも目を走らせる。

出所後は、バイトをしながら高卒認定試験に合格し、通信制の短期大学を卒業。同時期に秘書検定準一級を取得。その後、居酒屋で働いていたところを荒崎に拾われ、三年前に風華堂に入社している。それからずっと、荒崎の秘書を務めていた。

出所してからは、更正の道を歩んでいたのが明確にわかる経歴だ。高校中退後、年月が経ったあとに勉学を再開するなど、相当な努力が必要だっただろう。

だが、必死の思いで学歴を築いても、卒業年度を見れば少し普通じゃないのはわかる。秘書として実務で通用する資格を持っていても、それを生かせる職に就けていなかったのはそのせいだろう。

まともな就職ができないでいるところで、荒崎に拾われた。

だからそんなに、荒崎に忠誠を誓うのか。

「忠村を手元に置くことには、改めて反対します」

赤信号で止まり、メロンは言った。

「経歴上は更正しているように見えますが、一度人を刺したことがある人間は、いざという時にためらいのハードルが低いですから。それに、忠村が荒崎に並々ならぬ恩義を感じているのは明らかです」

実に客観的な判断だ。

けれど。

――犯罪を犯したとかではないのでしょう？

違うと答えて、安心したように笑った忠村を思い出し、胸が詰まった。

忠村のこれまでの言動が、荒崎の命令とか、策略である可能性はゼロではない。しかし、あの言葉だけは本心からのものだと、これでわかった。

報告書を見下ろす。これだけの負の要素を知ったのに、忠村を遠ざけたいとは思わない。トラウマ以外でやりたいことが見つかり、心が少し軽くなっていた。対抗心という形であっても、自分が前に一歩踏み出すきっかけになってくれたのは忠村だ。そして、その能力でもって的確にサポートし、さらにやる気を引き出してくれる。結果的にかもしれないが、彼の存在が有川をいい方向に導いてくれている。有川にとって忠村は、いつの間にか、思いを共有したい相手になっていた。

彼の心が、まだ荒崎にあるのはわかっている。それでも。

自分は、忠村に秘書でいてほしい。

「……もう少し、考えさせてもらえませんか」

メロンはバックミラー越しに有川を見ていたが、静かに頷き、アクセルを踏み込んだ。

薄暗い照明の下、熱気とか酒気とか料理の匂《にお》いがこもった店内の通路を、従業員が何人も行き交っている。

「はーい、こちら、唐揚げになりまーす」

威勢のいい声とともに、唐揚げを盛った大皿が二つ、どん、どん、とテーブルに置かれる。テーブルを囲んで座っている風華堂の社員十人ほどが、待ってましたとばかりに唐揚げに手を伸ばした。

金曜の夜である。

忠村は商品開発部の飲み会に参加していた。

午後に有川と商品開発の視察に行ったのだが、有川がそこの社員とすっかり馴染《なじ》んだ。社内でもより抜きのケーキ好きが集まっていて、ここでも味が落ちていることが話題になり、そもそも自社商品の味に対する社員の関心の薄さが問題だとか、社員割引をもっと拡充すべきだとか、大いに議論が白熱していた。それで視察の時間が大幅に伸びた末に、「今日、飲み会あるんですけど、社長もどうですか?」と誘われたのだ。

だからといって、忠村がそれにつき合う理由はないのだが、「忠村さんも来ませんか?」と女子社員に誘われ、「あ、じゃあ忠村さんも」と有川が答えたため、こうなった。

何が、「じゃあ」なのかがよくわからない。

有川は隣で機嫌よさそうに酒を飲んでいるが、有川の意図がいまいちつかめず、微妙な気分だ。それに有川はまだいいとしても、少し離れたカウンター席でメロンが気配を消して居酒屋の風景と同化しているのが気になる。誰かに見張られて酒がうまいはずがない。

「すみません、ちょっと」

一時間ほど経った頃、忠村は席を立ち、店外の喫煙スペースで煙草《たばこ》に火をつけた。

忠村のイメージ的には、有川はハリネズミだった。

社長候補を争った時の身辺調査で、有川に恋人がいないのはわかっている。恋人を作らず、出張ホストで性欲を満たす生活。愛を信じていないのは、本人に聞かなくてもわかる。そして、きゅうりが嫌いと言い当てただけであの過剰反応。まさに体中から針が生えていた。

しかしそれも最初だけで、二週目からは態度が軟化し、三週目になる今週の月曜には、もうプラグをしなくていいとまで言われた。

軟化の兆しがあったとはいえ、それは突然で驚いた。何かきっかけはあったのかもしれないが、忠村にはわからない。

とりあえず、メロンを使う限りは、忠村も秘書として必要だ。有川が言った通り、プラグを突っ込んだまま仕事を続けさせるほど、神経は図太くなかったということだろう。つまりはお上品で甘く、そういうところが針が生えていてもネズミなわけだ。

（……それでも、つなぎの秘書か）

有川は、ホストの代わりを荒崎が退任するまでしろと言った。ホストの代わりはうやむやになっているが、そう長い期間、忠村を手元に置くつもりがないのは明らかだ。

メロンとの契約が終了すれば、さすがに有川もきちんとした秘書を入れるだろう。そうなれば、自分はお払い箱になる。

忠村は眉を寄せ、勢いよく肺まで煙を吸い込んだ。

今までの人生における奇跡を一つ挙げろと言われれば、忠村は迷うことなく、荒崎と出会えたことを挙げる。荒崎はそれぐらい、かけがえのない恩人だった。

忠村は刑務所に放り込まれたのをきっかけに、それまでの自分にうんざりし、こんな人生を繰り返すのはもうごめんだと、真っ当な人間になることを決意した。

出所後は、食品メーカーのバイトについた。バイトをしながら勉強し、通信制大学で短大卒の資格を取った。真っ当な人間に見られたい一心で、秘書検定準一級も取得した。

その少し前、大学を卒業したら正社員に、という話がバイト先で出た頃が、彼女もいたし、かなり幸せな時期だったのだが、ネット上にあった逮捕時の記事が人事に見つかった途端、全部駄目になった。正社員の話はなくなり、バイトはいづらくなり、彼女には振れるという散々な結末だ。

それから卒業後、改めて就職活動はしたものの、どこにも拾ってもらえず、結局、居酒屋でだらだらとバイトをする日々を送っていた。

将来の希望なんてものは、その頃には欠片もなかった。

更正したって、しょせん前科者はいい生活なんて送れないし、誰にも必要とされない。ていうか多分、社会のゴミだ。

自殺する気はないが、明日も生きたいという望みもない。ある日交通事故で死んでも、きっと未練はないなと思っていた。

そんな腐れきっていた時に、居酒屋の常連客だった荒崎が他の客とケンカをしたのを止め、荒崎に顔を覚えてもらった。荒崎も自分も暴走族上がりということで盛り上がり、何度も話すうちに気に入られた。前科があることもその時しゃべった。

ある日、荒崎が女の秘書と不倫をしたのが妻にバレ、秘書は男にすると約束させられたと愚痴をこぼした。それで忠村が秘書検定なら持っていますよと言ったら、じゃあ俺の秘書になれと言われた。

それで忠村の人生は一変した。

自分が秘書なんていうひとかどの職に就けたのも嬉しかったが、荒崎が前科を知った上で自分を受け入れてくれたことが何より嬉しかった。たった一人、理解者ができただけで、忠村は救われた。

実際に荒崎の秘書になると、荒崎の悪い部分も見えはした。

荒崎は基準や規則を守るという意識が薄く、自分の言うことを聞く社員だけを出世させて周りを固めたり、個人的にキャバクラに行っても会社の経費で落としたりする。荒崎は総務部を手中に収めており、総務では好き勝手をしているきらいがあった。

それでも、荒崎が「俺が会社を大きくしたんだ」と常日頃言っている通り、この二年の拡大路線で利益はともかく売り上げは増えて知名度は上がっており、荒崎に決断力と商才があるのは確かだった。

荒崎を心から尊敬していた。荒崎のためなら何をしてもいいと思った。

だから、犯罪を指示されても、従った。

血のにじむ思いで更正し、犯罪だけは二度と犯さないと心に誓っていたが、その誓いよりも荒崎が大事だったからだ。

しかしその結果は、惨憺《さんたん》たるものだった。

口から吐き出した煙をぼんやりと眺める。出所後に煙草はやめたのだが、またやり始めたのは荒崎が吸っていたからだ。荒崎と一緒に吸うのが密かな楽しみだったが、もうその機会はないかもしれない。

盗聴の失敗を報告した時の、荒崎の失望は大きかった。「お前が有川の秘書になって秘密が守れるなら、そうしろ。必要な時には俺から連絡する」。それが荒崎から下された言葉だった。

忠村がどういう扱いを受けるか、荒崎は薄々気づいていただろう。だが現状を問われることも含めて、連絡は一切ない。荒崎は最近会社にもあまり来ていないので、社内で姿を見かけることさえ希《まれ》だった。

見放された、か。

その帰結に至りそうになり、ぐっと胸が詰まる。腹の奥に嫌な重みが生じ、息が苦しくなる。

（まだ切られたと、決まったわけじゃない）

自分でも望み薄だと自覚しつつも、その唯一の希望を捨てることはできないでいる。荒崎の元から引き離され、有川の秘書にされてから、今日で三週目が終わろうとしていた。

「忠村さん」

思わぬ方向から声をかけられ振り返ると、そこには通勤着にジャケットを羽織った坂本が立っていた。

忠村は一瞬で秘書の顔に戻った。

「ああ、お疲れ。どうしたんだ？」

「商品開発の子が飲み会してるって言うんで、ちょっと寄ってみました。私の住んでるとこ、ここから近いんですよ」

「そうなのか」

「中、誰が来てるんですか？」

「社長が来てるぞ」

坂本は噂《うわさ》好きだ。有川は若い美形社長なので、話題作りにお近づきになりたいだろうと思ったのだが、坂本は「あー……」と微妙な反応をした。

「ちょっと、私、やめときます。粗相をしたらいけないので」

「そうか？　怖い人ではないけどな」

言って、何をフォローしてるんだと思った。

四日前までプラグを挿入させられていたというのに、有川に対する個人的な敵意はすでにない。というより、大した理由もなくプラグを外されたことで、警戒度は一気に下がっていた。

まだ脅しのネタになる写真を握られているにもかかわらず、嫌がらせを一つ減らされたことで、まるで関係が好転したかのような印象を自分が受けていることに気づく。

さっきはお上品で甘いと思っていたが。

煙草を喫煙スペースの灰皿に押しつけながら、考えを改める。

——これが計算ずくなら、大したものだ。

「社長の秘書になって、どうですか？」

「ああ……まあ、うまくやってる」

そうですか、と坂本は自分のことのように嬉しそうに顔をほころばせた。

「社長が荒崎専務から忠村さんを取っちゃったのは驚きましたけど、しょうがないですよね。社長も絶対、優秀な秘書がほしいでしょうし」

「普通だろ、俺は」

「そんなことないですっ。他の秘書さんも優秀ですけど、私は忠村さんが一番、気配りができるっていうか、愛されてるかなーって思いますし、みんなあの人事は驚きましたけど、納得っていうか。そうきたかっていう」

舌足らずな話し方で褒めてくれる彼女に、思わず素で笑う。坂本は三歳年下で、女子社員の中では一番親しい。以前の自分なら、とうに口説《くど》いているレベルだ。

「褒めすぎだ」

「そんなことないですよ。社内に結構いますよ？　忠村さんのファン」

「既婚者ばっかりだろ」

「若い子だっていますよ。今日のメンバーの中にだって……いるかも？」

ああ、あの子か、と飲み会に誘ってきた女子社員の顔を思い浮かべる。

こういうことは珍しくはない。

風華堂に来て以来、忠村は人生で初めて、モテ期というものを体験していた。

最初は年配層の女性中心に、かっこいい、声がいいと言われ始め、ここは若い男をおだてる社風なのか？　といぶかりながら聞き流していたが、ある日、会社のエレベータで談笑している時に、ふとエレベータの鏡を見て驚いた。

理知的なビジネスマン風の男が、朗らかに笑っていた。自分が笑っている顔を鏡で見たのは数年ぶりのことだった。

一度ブタ箱に入ったことのあるチンピラだとは思えない、品のある顔になっていた。思うに、秘書として笑顔を心がけるようになってから、黙っていれば犯罪者に見えるとまで言われていた目つきの悪さが和らいで、人相がよくなったのだろう。声の質に関しても、出所後から酒と煙草を控えているのに加え、秘書になってから自信がつき、落ち着いて話すようになった結果だと思われる。

「彼女、作らないんですか？」

世間話のついでに、よく聞かれる質問。そして返事に困る質問でもある。

彼女はほしい。

だが、前科を隠してつき合ったって、意味がない。それは過去の経験で身に染みた。つき合うなら、前科をきちんと話して、それからだ。それを知った上で求めてくれて、ようやく自分は相手とつき合える。

――まあ、そんなのは到底、無理なわけだが。

「そっちこそ、どうなんだ」

ごまかして質問を返すと、坂本の方も口ごもった。

「私は……うーん、出会い、ないんですよねぇ」

そこで会話は低調になり、「それじゃ、私、そろそろ」と坂本は手を振りながら背を向けた。

坂本を見送りながら思う。自分はもう長くは風華堂にいられない。おそらく、彼女と仲良く話せる機会はこれが最後だろう。

充分かわいく、仲良くしてて、癒《い》やされる。これだけ条件のそろった女を、一度も誘うことなくさよならとは。

そう思っても、一歩を踏み出すことは結局しない。俺はもう枯れたな、と諦《あきら》め混じりに自嘲《じちょう》しながら、居酒屋の中に戻った。

元の席に座り、料理をつまんで最初に感じた違和感は、隣の有川が妙におとなしいということだった。

さっきまで盛んに社員としゃべっていたのに黙り込み、うつむきがちになっている。

酒が回ったのだろうか。

気になって有川の方を見ると、有川が気配を感じて顔を上げる。目が合うと、無言で手をテーブルの上に置き、人差し指で指差す。

その指の先には、かつお節をまぶしたきゅうりの皿が、でんと置いてあった。きゅうりを縦半分、横は三等分ぐらいにざっくりと切っていて、外側の緑と内側のきみどりのコントラストが鮮やかだ。

……。

きゅうりが嫌いって、そこまで？　そこまでか？

有川の方を見ると、すでに顔はうつむけてテーブルから視線を外しているが、指だけはさっきのままで、これを始末しろと全身で訴えていた。

酒が回って血色のよかった有川の顔が、紙のように白くなっている。ほどよく酒の回った社員たちはそんな有川の変化には気づかないし、メロンもまさか依頼主がきゅうりで危機に陥っているとは思いもしないだろう。

隣のハリネズミが、きゅうりに追い詰められている。

なんだか微笑《ほほえ》ましいが、本人の状態は至って深刻だ。

これは可及的速やかに片付けた方がよさそうだと、忠村はきゅうりに箸《はし》を伸ばし、ぼりぼりと集中的に食べ始めた。

「忠村さんって、きゅうり好きなんですね。きりぎりすみたい」

「いや……まあ、これはおいしいですよ。お一つどうですか？」

「あー、もう、おなかいっぱいで」

さっきの唐揚げとは扱いが雲泥《うんでい》の差である。脇《わき》役のきゅうりは最初に少し減っていただけで、以後見向きもされない。

「きゅうりなら、こっちもいっぱい余ってるんで、どうぞどうぞ」

消化に協力してほしいのに、十人分で二皿出てきているのを、わざわざ二皿とも忠村の前に持ってこられる。有川が横でさらにびくっと縮こまった。

社長が嫌いなので近づけないでください、などとはもちろん言えない。

俺もきゅうりはしばらく見たくないと思うほどひたすら食べ続け、その間、有川は隣で全身に針を立てて丸まり、一人、無言の防御体勢に入っていた。

結局、忠村一人でほぼ九人分のきゅうりを食べた。

しかし奮闘も虚《むな》しく、食べ終わった頃には、有川の顔色はああこれは駄目だなという感じになっていた。

「トイレ行きますか？」

小声で聞くと、有川は声もなく頷いた。額には脂汗を浮かべている。

忠村が有川と席を立つと、メロンが異変に気づいて近づいてきた。

「トイレに行くだけだ。瓜園さんは席にいてくれ」

メロンは納得いかない顔をするが、「頼むから、これぐらい任せてくれ」と言い含め、有川とともに男子トイレに入った。

有川は個室にこもって吐いた。苦しげに戻す音が聞こえてくるのが痛々しい。

だが忠村には何もできることはなく、手持ちぶさたで携帯端末を取り出した。

なんとなくハリネズミを検索し、ハリネズミの飼育ブログを開く。

飼い主の手のひらに包まれるように、ハリネズミがちょこんと写った画像が目に入る。

意外にかわいくて驚いた。針山みたいなのを想像していたが、ちゃんと動物の姿をしていた。毛が集まって硬化したものが針になるらしい。

それから水が流れる音がするまで、気になった項目を拾い読みし、サイトを閉じた。

有川が個室から出てくる。

吐いたことで、一応楽にはなったらしく、顔色は少しマシになっていた。さっきまで死にそうな顔をしていたのでほっとする。

「それにしても、そんなに駄目なものなんですか？」

「……輪切りなら、まだ大丈夫なんです。あれ、原型がわかる状態で出てくるとか、反則です……」

そうですか。

「スーパーに行った時とか、どうするんです？」

「野菜売り場に寄る時は、遠くから視認しておいて、現物に近づかないようにします」

人には思いも寄らない苦労があるものだ。

「難儀な体質ですね」

「お酒が入ってたからですよ。普段なら吐くまではいきません。……それと、前、タクヤと食べにいった時にきゅうりが出てきて、今と同じような経緯になってバレたので、余計に身構えたというか」

ああ、それであのホストがそんなトラウマを知っていたわけかと、ようやく合点がいく。

「ホストにはどう説明したんです？　……あ、これは聞かない方がいいですね。いいです」

有川は洗面台で口をゆすぎ、カタンと眼鏡を置いて口の周りも洗う。それを備えつけの紙でぬぐったところで、こちらを向いた。

「タクヤにはほとんど話してないです。きゅうりを挿れてトラブルがあった、ぐらいで。きゅうりが中で折れて取れなくなって救急車を呼んだとか、その騒ぎが親戚に知られて後継者として入社できなくなったとか、相手が大学のサークルの先輩で、言いふらされて大学院を中退する羽目になったとか、そういう具体的な話はしていません」

「……」

思わず、携帯端末を取り落としそうになった。

いや、ええと。

その話は、俺が聞いてよかったのか……？

そんな詳細を知らされて、あとから何かされたりしないだろうなと疑心暗鬼の目を向けると、有川は小さく笑った。

「いいんです。忠村さんにはきちんと説明すべきだと思ったので。今さらですけど、口封じのために貴方にした仕打ちをお詫《わ》びします。動画と盗聴器は、叔父の件が片付くまで残させてもらいますが、あの時撮った画像は、今日、家に帰ったらすべて消去します」

「あ……、そう……ですか……？」

あまりに唐突で、不抜けた返事になってしまう。

「何か不満ですか？」

「いや、ありがたいんですけど、いいんですか？　俺は……」

あんたの味方だとは、一言も言ってないだろ。

言外の意味をどれだけ汲《く》んだかは知らないが、有川は笑った。

「だって、さっき、助けてくれたじゃないですか」

は？

何やら温かい目を向けられ、こいつマジかと思う。きゅうり食っただけで、切り札を手放していいのかあんたは。

「いや、あれぐらいで……」

「瓜園さんを遠ざけたのは、僕の秘密を守ろうとしてくれたんですよね」

「……」

ハリネズミを見下ろす。

にこっと嬉しそうに笑われた。

「いや、男子トイレだからだ」

「口調が変わりましたね」

「……」

ハリネズミはにこにこ笑っている。

だんだんいたたまれなくなってくる。

別に秘密を守るとか、そんな大それたことではない。ただ職業柄、上司が何を望むか察する習慣が染みついていて、その通りに行動しただけで。

まっすぐにじっと見つめられ、気恥ずかしさもあるのだが、だんだん腹も立ってくる。

「……大体、人に知られたって、大したことないですよ。そんなこと」

「え？」

「学生の時代に馬鹿やったってだけじゃないですか。俺も聞いたことありますよ。ゴルフボールとかりんごとか入れて、出てこなくなった話。若い頃はそういう阿呆《あほ》なことをやるんです。そんなのただの笑い話ですよ」

「……」

その発想はなかったのか、有川はぽかんとしている。

そんな笑い話のせいで、俺は脅されてあんな破廉恥《はれんち》な目に遭わされたのかという憤りもあるのだが、いまだにそんな阿呆なことに、このハリネズミがくるくる振り回されているのが実に腹立たしい。

「もう、いいでしょう」

え、何が？　という顔をされる。何がではない。

「その話はもう終わってますし、あんたは何も悪くない」

有川を見つめる。いつもより幼い気がしていたら、眼鏡がないせいだった。

笑い話で終わるはずだった出来事。それがそうならなかったのは、有川が同性愛者だったからだ。

周囲に何か悪いことをしたわけでもないのに、その事実が広まっただけで、すべてが駄目になる。身に覚えのある話だった。だから。

「もう、許してやったらどうです。過去のあんたを」

——だからなのだろう。こんなに、なんとかしてやりたいと思うのは。

有川は呆《ほう》けたように忠村を見上げている。その頭をふとなでたい気持ちになったのは、さっき見たサイトのハリネズミと重なるからだろうか。

「すごい、ですね」

ぽつりと、有川がつぶやく。

「何がです」

「……これが策略なら、すごすぎます」

「は？」

今のやり取りが、どう策略なのだ。

意味がわからないと眉を寄せていると、有川が目の前で眼鏡をかけた。

その時初めて、有川には眼鏡が似合うと思った。

本人もその方が据わりがいいのか、一息ついたように穏やかに笑う。ゲロを吐いたあとのくせに、それはとても綺麗《きれい》な笑みで。

「貴方は、真っ当な人ですね」

その言葉に、息を呑む。

「……なんだ、急に」

動揺で、声がかすれた。

「急じゃないです。貴方といると常々そう感じます。僕は貴方といて、落ち着けました」

なんだそれは。

どう返していいか、わからない。

その時、ノックする音が聞こえてくる。外にいるメロンが気をもんでいるらしく、有川は苦笑しながら出ていった。

だが忠村は、用もないのに、その場にとどまっていた。

最初、風華堂に現れた時の有川は、まるで会社を横取りしにきたようで、嫌な感じだった。それが、今は余分な威嚇《いかく》が消え、急速に会社に馴染み、社長の顔になりつつある。それは思えば劇的な変化で、確かに有川は落ち着いてきていた。

それが、俺のおかげだって？

その稚拙《ちせつ》な物言いを笑い飛ばそうとしたのに、いつの間にか拳を握り締め、震えていた。

真っ当な人間だと思われたい。

それが、出所後の忠村にとってはすべてだった。

——貴方は、真っ当な人ですね。

その言葉が、何度も頭の中で繰り返される。

そう言われたかった。その言葉をずっと望んでいた。

それをどうして、よりにもよってあんたが言う？

あんたは騙《だま》されてる。俺はあんたの味方じゃない。味方には、なり得ない。俺は荒崎さんのためなら、真っ当な人間でいたいという信条をも曲げた。なのに、あんたは。

「くそ……ッ」

トイレの壁に拳を叩きつける。

惑わせるな。……惑うな。

自分に言い聞かせるように、繰り返す。

俺には、荒崎さんしかいない。荒崎さんだけなんだ。

それから四日後のことだ。

総務に顔を出すと、坂本に呼ばれた。

「忠村さん、今いいですか？」

坂本が顔を曇らせて言うので何かと問うと、「こっちに来てください」と言われて事務室の隅に移動した。

「あの噂、もう聞きました？」

坂本が声を潜めて聞いてくる。

「あの噂って？」

「社長がホモだって話が流れてるんです」

社員の話題になるはずのない情報に、一瞬驚いたが、ここで動揺したら噂を肯定することになる。忠村はとっさに平静を装った。

「……いや、初めて聞いた。坂本は誰から聞いたんだ？」

「総務の同僚です。今日はどの部署でもその噂で持ち切りなんです」

荒崎だ。

おそらく子飼いの社員を使って一気に噂を広めたのだろう。

だが、なぜこの時期に？

「社員の誰かが、ホモ専門の出張ホストの知り合いか何かで、そのホストが社長の家に何度も行ったことがあるって言ってた……っていう話なんですけど……」

「……その他には？」

坂本は口ごもりながら続けた。

「社長はＳＭが好きだとか、やらせる側だとか……男好きの淫乱《いんらん》とか、いろいろ」

「……」

忠村は出張ホストから聞いた話を、荒崎に報告していない。報告する間もなく有川の家に行き、しくじったからだ。

有川がホストを使っていたのは事実だが、プレイ内容は多分でっちあげだ。しかし偶然にも、その適当に吹聴された誹謗《ひぼう》中傷は、ホストから聞いた話と重なる部分が多々あった。

「こういう噂が出回るの、嫌なんです。悪趣味だし、社長が気の毒で……なんとかなりませんか？」

坂本が深刻な顔で言うが、多分どうにもならない。しばらく坂本と話したが解決策は出ないまま話を切り上げ、総務部をあとにした。なんとなく体が重たく感じる。

……何を落ち込む必要がある。

有川は荒崎の敵だ。自分を凌辱《りょうじょく》した変態男だ。

ショックを受ける有川を想像し、いい気味だと思おうとしたが、ますます気が沈んだだけだった。

荒崎は無意味にこんなことをする人ではない。きっと有川の評判を急激に落とさなければならない事情があったのだろう。仕方なかったのだ。

今までならそれで納得できた。なのに今は、わだかまりが消えない。

こんな噂、本来、取締役が社員に流すものじゃない。取締役内で互いの社長候補をなじり合うのとはわけが違う。荒崎は自分の権力争いを有利にするためだけに、社員を巻き込んだのだ。荒崎がやったことは保身以外の何物でもなく、「俺が会社を大きくしている」という自負をなくした荒崎を悲しく思った。

今まで荒崎に尽くしていたのは、もちろん居場所をもらったからではある。だがそれだけではなく、尊敬できるからこそ尽くせたのだと気づく。

金を稼ぐだけなら、いかがわしい高額のバイトに就いたこともあったが、それを辞めたのは、忠村が思う更正のあり方とは違ったからだ。信条に合わなかったから、続けられなかったのだ。

このまま荒崎に従っていて、いいのだろうか。社長の醜聞を流したり、犯罪を命じたりする人に。

胸のわだかまりをこれ以上考えるとおかしくなる気がして、頭を振って考えるのをやめ、とにかく足早に社長室に向かった。

忠村が社長室に戻ると、入り口のドアが少し開いたままになっていた。中から有川と堀池の話し声がしたため入るのをためらい、ついその場で立ち聞きする形になってしまう。

「……対抗して、竜太の噂も流すかね」

「やめてください。みっともない。創業者一族の恥さらしですよ」

凛《りん》とした有川の声に、少しほっとする。

「しかし相手の狙《ねら》いは君を社長から降ろすことだろう。こんな醜聞を流されて、どうやって挽回《ばんかい》するつもりかね」

「業績で挽回します」

堀池の大きなため息が聞こえてくる。

「とにかく、ほとぼりが冷めるまでホストなんていう遊びは自粛しなさい。いいね」

「わかっています」

話は終わったのか、堀池が出てくる。そこで堀池は忠村がいることに気づき、険しい目で忠村を見据えて去っていく。忠村は気まずさを感じながら部屋に入り、ドアを閉めた。

中にいるのは有川だけで、メロンはいない。

有川は応接用のソファの前で立ったままうつむいていて、表情は見えない。その有川に忠村は近寄った。

するとと、びしゃっと黒い飛沫が上がり、忠村の背広とワイシャツに盛大な染みを作った。

何が起こったのかと思った。

有川の手に、空になったコーヒーカップが握られている。有川がテーブルの上のカップをつかみ、中身の液体をぶちまけたのだ。

「よくもやってくれましたね」

最初から犯人だと決めつける発言に、思わずむかっときた。多少、心配していたこともあってなおさらだ。自然と返事も怒りを含んだものになる。

「俺が話を流したと言うんですか」

「貴方以外に誰がいるんです」

はぁ？　と思う。

自分以外にも荒崎の子飼いの社員はいる。だがそれをわざわざ教えてやる義理はない。

黙っていると、有川は苛立ちを募らせた。

「あんな噂、貴方しか流せないはずです」

「噂じゃないでしょう。全部、本当なんじゃないですか」

揶揄すると、それが決定打となったのか、有川はぎろりと睨みつけてきた。

「貴方が盗聴器を持って家に来たって、取締役たちに言ってやる」

「ええ、どうぞ。ただしそれを言った場合、貴方は取締役の方々の信用を失うでしょうね。そんな大変な事件があったのに、なぜ今まで黙っていたんだっていう話になりますから」

その指摘に、有川は息を呑む。

忠村はわかっていた。時間が経てば経つほど、有川はあの事件を他人に言うことができなくなっていくと。

有川は目を剝き、握ったままのコーヒーカップをわなわなと震わせている。

……しまったと思った。

この切り返しはいざという時のために用意しておいたものだが、今言うべきではなかった。有川はこれで完全に、忠村が満を持して噂を流したのだと信じてしまった。

忠村を凝視するその双眸《そうぼう》に光はなく、黒く、ひたすら暗く、べっとりと恨みに塗り潰されていて、その目を前に、忠村は一言も声を出せない。

有川は叩きつけるようにコーヒーカップをテーブルに置くと、自分の机に戻ってパソコンの電源を落とした。

「頭が痛いので帰ります。このあとの予定はすべて明日に回してください」

乱暴な足取りで社長室を横切り、すれ違いざまに睨んでくる。

「秘書のくせに上司の秘密をバラすなんて最低ですね。仕事はきちんとする人だと思っていたのに……」

その言葉にはっとして、何か言わなければと思ったが、バタンと大きな音とともにドアは目の前で閉じられた。


翌日出勤した有川は、別人のようにやつれていた。

目の下にくまができていて、そのくせ目だけは暗鬱《あんうつ》としたものを宿しながらも鋭くぎらつかせている。

ここ最近明るかった表情は見る影もなく、鬼気迫るような空気を漂わせていた。

忠村が挨拶をしても返事はない。目を合わせようともしない。用事はすべてメロンに言い、忠村が事務的なことを聞いた時だけ返事をする。しかも刺々《とげとげ》しい声で。

完全に、元のハリネズミ状態に戻っていた。

昨日あれから忠村は、荒崎の子飼いの一人である総務課長に、噂を流した理由を聞きにいった。

しかし課長もはっきりとした理由はわかっておらず、とにかく有川を社長から引きずり下ろす、という方針で噂を流したそうだ。これが引き金となって、有川が辞めるなりボロを出すなりすることを狙っているらしい。

だが、奇妙な話だった。たとえその目論見《もくろみ》が成功しても、有川が大株主であることには変わりなく、荒崎の退任は回避できない。有川が社長でなくなることで会社に興味を失えば、株を買い取れるかもしれないが、そううまくいくだろうか。

それに荒崎は以前から、いずれ新会社を設立して事業を始めたいと言っていた。もちろんまだ先のことで、風華堂を今辞めるのは不本意だろうが、辞めたら辞めたで、したいことはある人なのだ。なのに無茶な手段を使ってまで、会社を引っかき回そうとするのはなぜなのか、忠村は真意をつかみかねていた。

社長室の奥にいる有川をちらりと見る。本人は殺気立っているが、傍《はた》から見る分には痛々しく、ハリネズミが壁際でこちらに背を向けて丸まっているようで、何やら腹が痛むような罪悪感を覚える。

「忠村さん、この件ですが」

有川が会議のために社長室を出ていったあと、メロンが有川に言われた用事を聞いてくる。昨日まで忠村に任されていた仕事だ。このままだとまた秘書の仕事を干されかねないが、どうにも誤解を解くタイミングを逸してしまっている。

「あの人は俺を解雇するつもりなのか？」

メロンの用件に答えたあと駄目元で聞いてみると、淡々とした返事が返ってきた。

「すぐには考えていません。今の時期に解雇や異動をすると、さらに悪い方向に噂が立つ可能性がありますから」

嫌な答えだったが、なるほどと思う。

忠村は社内では唯一の男の秘書であり、男という性別が目立つ存在であるため、今解雇すると、有川と忠村に性的な何かがあったのではないかと社員に邪推されるというわけだ。

……邪推ではなくその通りなのだが。

「それと、社長がまだ割り切って考えられないのでしょうね」

「何を」

「貴方のことを」

……は？

意味がわからなかったが、それを聞き返す前にメロンは社長室を出ていった。

割り切れないって……そんな大層なものか？　ただのつなぎの秘書だろ？

そう卑屈に思いかけるが、この前の飲み会のことを思い出す。

――貴方は、真っ当な人ですね。

その言葉が頭に浮かび、唇を嚙む。

酒の席のことだ。話半分に聞くべきかもしれない。だが、期間はともかく、今は一緒に働く相手だと認識し、信用してくれていた。

だとしたら、有川は噂が社内に広まったことの他に、忠村が犯人だということにも強いショックを受けている可能性がある。

そう思うと忠村の気持ちはぐらついたが、それと同時に気づいてしまう。

これはチャンスだ。

有川が忠村を社長室から排除できない状態なら、忠村はここにいるだけで有川を追い詰めることができ、有川にボロを出させるという計画を効果的に後押しすることができる。荒崎の真意はわからないが、荒崎のやることには理由がある。その目論見通りに事が運んだ暁には、荒崎はまた自分を使ってくれるかもしれない……。

この風華堂に来てから三年、前科のことが噂になることはなかった。意外に誰も人のことをネットで調べようとはしないのか、知っても話題にしないのか、それはわからない。ただ、何かあっても荒崎が味方でいてくれるという心強さのおかげで、解雇される不安など普段感じることなく職務に打ち込めていた。そのありがたさは骨身に染みている。

自分には荒崎にすがるしか道がない。

それに、そもそも有川が勝手に誤解したのだ。その誤解を解いてやる義理はないと自分に言い聞かせ、無理やりに納得した。

翌日の定時後、用事があって総務にいくと、坂本はずいぶん沈んだ顔をしていた。今度は何があったのかと思ったら、まだ有川の噂のことで心を痛めていて驚いた。まるで関係者のような反応だ。

これは何かあると思い、忠村は坂本を食事に誘った。

「社長のこと、何か知ってるのか？」

世間話のあとで本題を切り出すと、坂本は警戒した目を向けてきた。

「特に、何も」

「でも、社長がゲイだってことは知ってただろ？」

坂本は有川がゲイかどうかを一度も問題にしなかった。それでカマをかけたのだが。

「……それ、聞いてどうするんですか？」

その必死な目を見て、一つだけわかった。少なくとも坂本は有川の敵ではない。

「いや、悪い。今回の件は誰かが悪意を持って噂を流したようだからな。再発防止のためにも、別の情報源があるなら秘書として知っておきたいと思っただけで、嫌ならいいんだ」

すると、坂本は迷う素振りを見せていたが、誰にも言わないなら、という条件で応じてくれた。

「大学の時に……私、社長の……有川先輩の後輩だったんです」

とつとつと、坂本は話し始めた。

坂本は引っ込み思案で、友達を作るのも苦手だった。それが変わったのは、大学のサークルでの経験が大きい。そのサークルに勧誘してくれたのが、学年が一つ上の有川だった。明るくて優しい有川にずっと憧《あこが》れていた。告白する勇気はなかったが、後輩でいられるだけでよかった。有川は大学院に進んでもOBとして頻繁にサークルに顔を出してくれていて、互いに卒業しても、OB会などでこれからも会えると思っていた。

そんな頃に事件は起こった。

サークルのOBの男と有川の間でトラブルがあり、その男が有川はゲイだとサークルで言いふらしたのだ。

有川はそれ以降、あまりサークルに来なくなった。そのうち連絡が取れなくなり、しばらくして大学院を中退したと噂で聞いた。

「先輩、スイーツ研究会のこと、すごく好きだったんです」

うつむいたまま、坂本は話す。

「最初にゲイだって聞いた時は驚いたけど、みんな先輩のことを気持ち悪いとか思ってたわけじゃないんです。でもどう接していいかわからなくて、戸惑っているうちに先輩を傷つけて……そんなつらい思いをもう先輩にさせたくないんです。大丈夫ですって、言ってあげたい」

半泣きになりながら話す坂本を見ながら、忠村もそう遠くない過去を思い出していた。

食品メーカーのバイト先での苦い経験。あんなにうまくいっていたのに、前科がわかった途端、会社だけでなく、それまで一緒に働いてきた同僚にも手のひらを返したように排除された。忠村自身はそれまでと何も変わっていないにもかかわらずだ。

有川が戦っているものは、かつて忠村が打ちのめされたものと本質は同じだ。

前科者だからという、無理解と偏見。それまでいい関係を築いていても、その事実が発覚すれば、周りとうまくやっていくのは難しくなる。

忠村は坂本の話を聞いたあと、重い足取りで帰宅した。

あの人はやはり、俺と同じだ。


そしてさらに翌日。

一段と顔色の悪くなった有川は、メロンのコーヒーを飲みながら、目つきをとびきり険しくしていた。こんな時までその血管が詰まりそうな砂糖水溶液を飲まないでいいんじゃないかとよほど思ったが、そんなことが言える雰囲気ではなく、今や近づきがたいオーラを出すハリネズミは、午前中に臨時の会議を開いた。

この会議は議事録を任されたため忠村も参加したが、そこで有川は商品開発の人員を増やすため、取締役につけられている派遣のお抱え運転手の廃止を提案した。取締役とのゴルフの際に、全員、高級車を難なく乗り回しているのを見て思いついたらしい。

これに対して取締役は、「運転手は必要な労力」、「我々は高齢だから」、「取締役が運転手つきの車にも乗れないようでは社員が夢を持てない」などと反発。議題に出すことを事前に承認した堀池さえもあまり乗り気ではないらしく、結論は持ち越しになった。その結果に有川がいたく不服なのは、顔を見ればわかった。

そして昼休憩が終わる直前、忠村は突然、有川に駐車場に呼び出された。

何事かと思って行くと、有川は役員専用の社用車の運転席に座っていた。どうやら率先して運転手を廃止するために自分で運転するつもりらしいが、役員専用車に初心者マークが貼《は》りつけてあるのはすごい違和感だった。

「午後一時半に取引先と会う約束があったでしょう。そこに行きたいんですけど、道がわからないのでナビをしてほしいんです」

「その車、ナビついてますよね」

「見てもわからないんです」

有川の目が早く乗れと言っている。忠村は気圧《けお》される形で助手席に乗った。

運転席のハリネズミは今、体中に生えている針を限界まで尖らせている。車内はピリピリした空気が張り詰めていて、息が詰まりそうだ。

「こういうことはメロ……瓜園さんに頼んだ方がいいんじゃないですか？」

「頼みましたけど、警備上の観点から断られました」

なんだか嫌な予感がした。

専門のボディガードが不可と判断した業務を、なぜ俺に持ってくるんだ。

「それで瓜園さんは？　いつも外出の時はご一緒では……」

「トイレに行ったのを見計らって抜けてきましたので、今頃、机の上のメモを見て諦めてると思います」

おい。ほんとにこのまま出発していいのか。

「貴方は僕の言う通りにすればいいんです」

すごくやりたくなかったが、有川が横で全身の針を硬化させてフシューッと威嚇するので、観念してシートベルトをつけた。すると有川はハンドルを握って座席の調節をしようとする。ピリピリ度がさらに高まる。

「座席を動かすレバーってどこですか？」

「座席ならそこのスイッチで調節できます」

有川は不慣れな様子でスイッチを押して座席を少し前に移動させ、サイドミラーとバックミラーを神経質に合わせる。そしてエンジンをかけようとするが、かからない。

「エンジン、かからないんですけど」

「逆に回してませんか鍵《かぎ》」

「ああ、こっちですか」

ようやくエンジンがかかり、発車しようとするが、いきなり逆のウィンカーを出す。

「どこに行くんですか。右です。左に行っても出口はありませんよ」

「わ……わかってますっ」

有川は慌てて正しいウィンカーを出し、車はやっと動き始める。だが。

のろのろのろ。

のろのろ。

のろろろ。

歩いた方が速いんじゃないかという超低速で進む役員専用高級車。

「……アクセル踏んでますか？」

「最初は様子見です。オートマなんですから、駐車場内でぐらいアクセル踏まなくていいじゃないですか」

そんな馬鹿な。

「あの、ペーパードライバーならいきなり乗らない方がいいのでは……」

「そうでしたけど、先週末にペーパードライバー教習を八時間受講したので大丈夫です」

大丈夫ではない。教習を八時間受けてこのレベルというのは全然大丈夫ではない。

結局のろのろのろのろと進み、大して広くもない駐車場の出口まで来るのに三分ぐらいかかった。この状態で本当に公道を走るのかと恐怖を覚える。

「そのペーパー教習の時、教官に何か言われませんでしたか？」

「……別に。じゃあ道に出ますよ」

何かを隠すような返事に、忠村はメロンが正しかったのだと悟った。俺も警備上の観点から今すぐ断りたい。

しかし無情にも車はよたよたと公道に出てしまい、忠村はわらをもつかむ思いでサイドブレーキを握り、いつでも引けるようスタンバイした。

車は一応アクセルを踏んだ状態で進んでいるが、時速は二十五キロしか出ておらず、後ろから来る車に次々と追い抜かれていく。

「ここ、五十キロの道路ですよね」

「道路標示が五十というのは最高速度です。二十五キロで運転しても問題ないはずです」

道路交通法上は問題ないかもしれないが、実際は交通の流れを著しく阻害している。

「もう少し速度を出せませんか。せめて四十は出してください」

有川はハンドルを不必要に強く握り締めると、極限まで緊張した表情でスピードを上げる。それでも三十である。

「これ以上スピードは出せません」

このベンツは原付ですか。

仕方ないので時速三十キロでじりじりと進んでいく。

「次の交差点で右折です」

指示するのに、有川は右のウィンカーを出さない。

「右です」

「え、あ」

慌てて操作するが、間違って左のウィンカーを出してしまう。右にしようとするがなかなか右にならず、有川は完全にパニクった状態で右折に入る。そこに直進車がやってきた。

「危ないっ！」

忠村が思いきりサイドブレーキを引く。キキキキーと空気を引き裂くような音がして、ぎりぎりで衝突を回避した。

「てめぇ、どこに目ぇつけてんだ！」

相手の車の運転手が速攻で降りてきて罵声《ばせい》を浴びせる。これはまずいと思って忠村も降り、「申し訳ありません」と丁寧に頭を下げた。相手は言い足りないようだったが後ろから車も来ているので、「気ぃつけろよ！」と吐き捨てて去っていった。

車に戻ると、有川は蒼白《そうはく》になって固まっていた。あんな小者のチンピラに一喝されただけで足が小刻みに震えている。忠村はため息をついた。

「とにかく右折して、道の端に止まってください」

有川は無言で頷くと、よろよろと車を走らせ、公園の横の、道の端が広い場所で車を停止させる。忠村はシートベルトを外した。

「代わってください。あとは俺が運転します」

「いいえ。少し休めば落ち着きますから、僕が運転します」

震える声でまだそんな強がりを言う有川にいい加減腹が立ち、ぎろりと睨みつける。人をこんなに無遠慮に睨むのは久々だ。

「声を大にして言わせてもらいますが、あんたは単なるペーパーじゃなくて運転のセンスがゼロです。あんたにこそお抱え運転手が必要です」

「うるさいです。他の取締役には禁止しといて、僕だけ運転手を使うわけにはいかないでしょうっ」

ひくりとこめかみが引きつる。そんないっぱしの口をきくのは、まともに運転ができてからではないだろうか。

「……会社のトップが社用車で人身事故を起こす方が、よほど問題だと思いますが」

「うるさいです！　僕だってこんな状況じゃなきゃ、もっとうまく運転できます！」

いや嘘だ、絶対嘘だと思っていると、それが顔に出たのか、有川は目を三角にしてほえた。

「あんな噂を広めた人に、どうこう意見されたくないです！」

「あの噂は俺じゃない!!」

思わず全力で言い返し、はっとする。

有川は反射的に口を開きかけたまま、唖然としてこちらを見ていた。

（あ……）

それを、言ってよかったのか？

いいわけがない。

いいわけがないいんだが。

「……だったら、だったら、どうしてっ」

有川の目に、一瞬で水の膜が張る。

泣き出しそうになっているのがわかり、不覚にもどきりとした。

「どうして……僕が疑った時、否定しなかったんです」

眼鏡の奥で潤んだ目が、泣くまいとこらえている。怒った声で聞いてくるのは虚勢だ。

そんなハリネズミを見て、もう、いいと思った。いや、理屈より先に口が動いていた。

「あの時は、いきなりコーヒーぶっかけられたんで、むかっときて」

「……」

それについては多少悪いと思ったのか、有川はなんとも言えない顔で黙り込む。

「俺は噂には関わっていません。噂を流布することも事前に知らされていませんでした。それにあの噂は、出張ホストを使っていたという情報以外は、根も葉もない誹謗中傷です。事実と一致する情報も混じっているようですが、偶然です。こう言っても信じてもらえないかもしれませんが」

「……いえ、それで納得できました」

ぽつりと、有川が答える。

「あれから瓜園さんに噂の内容を収集してもらったんですが、きゅうりの話が入っていなかったんです」

言われてみれば、その話はなかった。きゅうりの話は誰にもしていないので当然だが。

「貴方なら僕があれだけ気にしてると知っているのに、どうして入っていないのかと思ってはいました」

少し沈黙が落ち、有川は息を吐いた。

「噂を流したのは、叔父の息がかかった総務の社員だったんですね」

「……ご存知だったのですか」

「噂の出所もある程度調べてもらいましたので。ただ僕は、叔父が貴方に命令して、貴方が総務の社員に噂を吹き込んだのだと思っていました」

有川はそう言って運転席に深く沈み込み、フロントガラスから空を見上げた。

秋の空はどこまでも高く、青く澄んでいる。白い鳥が数羽、公園の木々を揺らして空に飛び立つのが見えた。

「……多分、僕に誤解させておいた方が、叔父的にはよかったと思いますよ」

「そうみたいですね」

「叔父に、怒られます？」

そう言ってこちらを気にする有川に、ため息をつくように笑い返した。

忠村が関わっていなかったとわかった途端、有川は憑《つ》きものが落ちたように、ちょこんと忠村の隣で落ち着いている。

これ以上、何か理由がいるだろうか？

ここまで懐かれて無下にする理由など、もうどこにも存在しない。たとえ前科を知らないからであろうと、いずれ知られて解雇される日がこようと、今自分を秘書として認め、頼ってくれた。それだけでいいのだ。全然いい。

本当は、二度と犯罪をしないという自らの誓いを破ったことを、後悔していた。

自分は真っ当な人間になりたかった。それを曲げてもいいことにしてしまえば、自分は生きる指針を失ってしまう。またトチ狂って、ムショに逆戻りなんていう最悪な結末だってありうる。なのに未練がましく荒崎にすがろうとしていた自分を、最後の最後で有川が止めてくれた。

臆病《おくびょう》で、体中に針が生えていて、きゅうりきゅうりと大騒ぎしては、いつの間にか手元にすり寄ってくる。

俺の、ハリネズミ。

「……あの……？」

忠村の表情を、どうとらえていいかわからないのか、有川が戸惑った顔で見上げてくる。

自分では笑っているつもりなのだが、確かに少し泣きそうかもしれない。込み上げる感傷をこらえて、隣の有川に告げた。

「いいんです。俺はもう、貴方の秘書ですから」

有川の目がゆっくりと、見開かれる。

予想外の答えで驚いたのか、頬《ほお》を紅潮させ、視線をうろうろさせながら、「そう、ですか」と返してきた。

こそばゆいような、居心地が悪いような沈黙がしばらく続いたあと、有川はごまかすように運転席から身を起こすと、またエンジンをかけようとする。

「まだ運転するつもりですか」

「当たり前です」

「だから、勝手にテンパらなくていいという話をしたんじゃないですか、今」

「もうテンパってません」

ああ……と頭を抱えたくなる。有川の頭の沸騰度は少しマシになったようだが、まだ運転に集中できるような状態じゃない。

「何も今しなくていいでしょう。帰りもありますし、なんなら明日から土曜ですし……」

「つき合ってくれるんですか、練習」

一瞬しまったと思ったが、どうせこの人はしなければ気がすまないのだろう。忠村は諦め混じりに苦笑した。

「そのぐらい、お手伝いしますよ」

それで有川はようやく納得し、シートベルトを外して運転席を譲ってくれたのだった。


有川は社長席に腰を下ろし、今日も社長としての一日を迎えていた。

ゲイ騒ぎは、多くの情報が根拠のない誹謗《ひぼう》中傷らしいという認識が社員に広まり、有川にゲイ疑惑は残ったものの、それほど大きな騒ぎにならずにいったん沈静化した。

そして十一月に入った先週、定時株主総会が開催され、荒崎が退任した。それに伴い、同日に開催された取締役会で堀池が専務に選定された。

荒崎からの報復があるかと警戒していたが何もなく、荒崎から電話が一本、忠村にあっただけだった。

退任した以上、何か仕掛けるつもりはなく、お前はそのまま風華堂のために働け、という電話だったそうだ。

忠村は荒崎の心遣いに涙ぐんでいたが、有川としては少し引っかかる電話だった。

明らかに勤務時間中にかかってきているし、そういう電話を受けて忠村が平静でいられないのも多分、織り込みずみだ。この電話は忠村のためにかけられたものじゃない。

有川に対して、もう敵意はないというメッセージか。

忠村をそういう伝言に使われるのは腹立たしいが、そうならいいんだけどなとは思う。

こうして懸案は一つずつ片付いていき、有川は社長として、それなりに充実した日々を送っていた。

忠村を秘書にして六週目。

忠村と和解して、気づいたこと。それは――。

「腕相撲、そんなに強いのか？」

「一時期、猛特訓したことがあって、それ以来負けたことはありません」

始業前に、忠村とメロンが社長室で話している。

「やってみないか？」

「笑止」

と言いつつ、メロンは黒いスーツの上着をまるでマントを脱ぎ捨てるように颯爽《さっそう》と脱ぐと、机の上に肘《ひじ》をつき、がっしりと忠村と手を組んでスタンバイする。そしてこちらを振り返った。

「社長、レディーゴーしてください」

メロンがいつもの無表情で要求してくる。

その異様な光景に気圧《けお》されながら、メロンと忠村が組んだ手の上に手を置き、レディーゴーの合図をすると、熱い戦いが始まった。

「なっ……なかなかやる……なっ、まさか、腕力で負けるとか……あり得っ」

「そっちこそ、なまった体で私に挑もうなど、十年、早」

両者一歩も譲らず、ぎりぎりぎりとすごい力のせめぎ合いが繰り広げられるのを、どことなく取り残された気分で見守る。

まあ、要するに。

——メロンがいつの間にか、忠村に懐いていた。

（いや、それはいいんだけど……いいんだけどさ……）

有川にとっては勝敗はどうでもよく、それよりも忠村とメロンの手ががっちり握られている方が気になる。とても気になる。

――俺はもう、貴方《あなた》の秘書ですから。

頭の中で、あの時のことを、何度リピートしたかわからない。

あんな泣きそうな顔で笑いながら、僕の秘書だと言ってくれた。

それは、単に上司が変わったというような意味ではなく、もっと親密なものに聞こえて胸が熱くなり……その高揚を思い出しては頭を悩ませていた。

恋人は二度と作らない。

そう決めて、今まではうまくセーブしてきた。

あの大学の先輩に捨てられた事件のあとも、いいなと思う男はちょくちょくいたが、眺めているだけなら別段、問題はなかった。最初から可能性を遮断すれば恋の葛藤《かっとう》も胸の痛みもなく、目の保養としてささやかなオアシスにすることもできた。

忠村のことも、徐々に心はそっち方面に傾きつつあったが、一歩距離を置いてやっていけると思っていた。なのに、飲み会できゅうりの話をしたあたりから狂い始め、仲違《なかたが》いをしたあとに「貴方の秘書です」発言がきて、とすんと胸を射止められてしまった。

ゲイ疑惑が残っている中で自分が平然と社長を続けられているのは、実は忠村のおかげという側面が大きい。もう過去の自分を許してやれと言われて、その言葉が遮るものなく腹に落ちた。それからは自分がゲイだということを以前より気にしなくなった。変な噂《うわさ》とセットでなければ、社員に知られてもいいとさえ思う。

しかし、忠村の影響はいいことばかりではない。そもそも、ゲイ疑惑が広まってあんなに取り乱したのは、忠村が犯人だと思ったからだ。

よくない傾向だった。

このままいけば、きっと欲が出てくる。眺めているだけでは満足できなくなり、普段ならあり得ないような心の隙《すき》が生じる。

有川が自分に強く戒めていることがもう一つある。ノーマルの男に恋をすることだ。

大学のあの先輩は、男と経験のないノーマルだった。でも恋愛経験は豊富で、有川の気持ちを察知して、「つき合ってみるか?」と誘ってきた。今思えば、好きだからつき合うという自然な恋愛ではなく、そんな好奇心からの関係が長続きするはずもなかったのだけれど、好きな人に誘われて当時の自分は舞い上がった。

先輩には、次々と新しいプレイを試された。それは恋愛ではなく、まさに遊びだったのだが、恋は盲目状態の有川にはそんな区別はつかなかった。体はどんどんアブノーマルなプレイを受け入れていき、淫《みだ》らに開発された。その結果、招いたのがあのきゅうり事件だ。

ノーマルと恋愛なんて、するもんじゃない。

一時盛り上がっても、彼らにとっては遊びなのだ。何かトラブルでも起きればあっさり捨てられ、ひどい目に遭う。その教訓だけは忘れることができない。

上司と秘書の関係を、変えようとすべきではないのだ。今のままでいれば何も失うことはない。あの先輩とだって恋人にならなければ、いい先輩と後輩でいられたはずだ。

そうすれば……一度も恋人など作らなければ、こんな浅ましい体にもならず、人肌が恋しくてホストが手放せないなんてことには、ならなかっただろうに。

なかなか決着のつかない勝負を見守りながら、有川はそんなことを思っていた。

その日の昼休みのことだ。

天気がいいので、有川はメロンと歩いて近くの店に食べにいき、会社に戻る途中で坂本に会った。

「あ、お疲れ様です」

「ああ、お疲れ」

坂本も会社に帰っているので、歩く方向は同じである。

少し沈黙が落ち、坂本はうつむきがちになりながら、言葉を継いだ。

「なんか、お昼は暖かいですね。朝は寒かったんですけど」

「うん」

「ジャケット、今日からダウンにしました。今、ちょっと暑いです」

そう言いながら、着ているファーつきの分厚いジャケットを見せる。でも通勤の時は寒いんですよ、と天候の話を続けようとするのを制して有川は言った。

「先週までね、うちの店舗巡りをしてたんだ。全店」

思わぬ切り出しに、坂本は目を丸くした。

「風華堂のケーキ、味が落ちてると思ってたんだ。それで売り場スタッフに意見を聞いてきた。やっぱり僕と同じような懸念を抱いてる人が多かったよ。みんな、いいものを売りたいって言ってた。誇りを持てる会社にしてほしいって。嬉《うれ》しかった。それって、僕が目指してたものと重なるから」

坂本はあっけにとられている。返事をすることもできず、ただこちらを見つめてくる。

「人を幸せにできるケーキって、あれ、お爺《じい》様の理念なんだ。実は大学に入るまでは、いまいちピンとこなかった。それがわかったのはスイーツ研のおかげ。みんなが僕の作ったケーキをおいしい、すごいって言ってくれたから。——思えば、あれが僕の原点だった」

その話を自分が聞いていていいのかと、おろおろしている彼女に笑いかける。

「そういう大事なことをさ、忘れてたんだ。それを坂本さんが思い出させてくれた」

あのきゅうりのトラウマが衝撃すぎて、サークルのことは思い出さないように、記憶の底に押し込めた。その時に大事なものまでいっしょくたに沈めたから、自分はやりたいことを見失ったのだ。

それに気づけたのは、忠村の言葉が大きい。

あの時の自分を許す。

そんな心持ちになっていたところでスタッフの声を聞いたので、するりと記憶のフタが開き、サークルでの出来事と結びついた。それで有川は自分の原点を思い出せた。

そして、その最初のきっかけをくれたのは、坂本だ。

「ありがとう。感謝してる」

いつの間にかメロンは距離を取っていて、坂本と二人の空間になっていた。

坂本はあの、あの、と何度も言葉を詰まらせた。

「私、あの、余計なこと、言っちゃったかなって、思ってて」

「そんなことない」

「ほんとに、何も考えてなくて、先輩が元気になってくれて、それだけで、私……っ」

声が震えている。こぼれ落ちそうなほど大きな目が潤み、さらに大きく見える。

涙もろいところは変わっていない。気づいたら、有川は笑っていた。

かつての後輩の前で晴れやかに笑えて、あのきゅうり事件が、ふっと溶けるように有川の中で小さくなり、過去の一つになっていく。

ああ、やっとだ。やっと。

失ったあの日に、戻ってこられた。

「……何を泣かせているんです？」

その感慨を、第三者の声が淡々と打ち壊す。

メロンと入れ替わりになるように、後ろに忠村がいて面食《めんく》らう。忠村も外で昼食を食べた帰りらしいが、なぜかむっとした顔をしている。有川が言い訳をする間もなく、すっと坂本の隣に寄り添った。

「坂本、ここで泣いたら目立つ」

「あぅ、すっ、すみませんっ」

「鼻水出てる」

「えっ⁉」

忠村の指摘で、一瞬で涙が引っ込んだ坂本は、忠村が差し出したティッシュで慌てて鼻をかんでいる。それを見ながら忠村は小さく笑った。

女性には至極丁寧に接する忠村だが、坂本に対してだけは少し態度が違う気がする。

忠村は坂本とは仲が良く、この前、二人で食事に行っていたという噂も小耳に挟んでいる。恋をした途端、このように姑息《こそく》な情報収集を思わずしてしまうわけだ。

二人が並んで歩く姿は、とてもお似合いに見えた。若い男と女。その組み合わせは正しく、この世界にしっくりくる。

さっきまでの高揚はあっけなく消え去り、有川の胸はやるせなさでいっぱいになった。目の保養にとどめないから、こんなふうに勝手に傷つくのだ。

それから本社ビルに戻り、エレベータに乗って最上階の社長室に向かった。坂本は乗らなかったし、メロンは少し後ろを歩いていたため一緒のエレベータに間に合わなかった。というより、忠村がメロンを待たずにドアを閉め、あれ？　と思った。

二人きりになった空間で、忠村が話しかけてきた。

「社長はゲイですよね？」

詰問口調で唐突にそんなことを言われ、戸惑《とまど》う。忠村は眉根《まゆね》を寄せていて、そんな顔をされるのも久々だった。

「……そうですけど。なんですか？」

「女子社員にちょっかいをかけるからですよ」

ちょっかい。

その言葉に、俺が目をつけてる女に色目を使うな、というニュアンスを感じた。

忠村はやはり、坂本が好きなのだ。

そう認識して、ずきりと胸が痛んだ。

このところ忠村とは、とてもいい関係だった。かつて荒崎の秘書だった頃のように生き生きと仕事をし、笑顔を見せてくれていた。ああ本当に今は僕の秘書になってくれたのだと嬉しく思っていただけに、こんなことで咎《とが》められて、ひどく傷ついた。

そんな怖い顔をしなくても、忠村の恋路を邪魔する気なんてないのに。

誤解は解いたものの、すさんだ気持ちになった。こんなことぐらいでへこむのは、男が足りないせいだ。

「出張ホストって、いつまで自粛すべきですかね」

社長室に戻ったところでぼそりとこぼすと、忠村の足が止まった。

「……あのホストはもう来ないいんじゃないですか？」

「まだ何人か候補はいますよ。一番のお気に入りじゃないですけどね」

忠村相手にわざわざこんな話をする必要などないのに、当てつけのように口走っていた。

坂本絡みの嫉妬《しっと》などお門違いで、自分には欲を満たせる相手がちゃんといるのだと、胸を張ることでもないのに主張する。

これで嫉妬が見当違いだったとわかっただろうに、忠村はますます問題だとばかりに眉を寄せた。

なんでだ、と思う。

今度は秘書としての懸念だろうか。だとしても、今それを発揮されるのは煩《わずら》わしかった。

「あのギャラクシーのホストですか？」

「ええ」

「あんなことがあったのに、まだ使うんですか」

「あんなことって……あれはそもそも忠村さんがしたんじゃないですか。それとも、タクヤ以外のホストとか店にも金を渡したりしたんです？」

「いいえ、それはしてないですけど」

「じゃあ、いいじゃないですか」

「そうではなく……」

まだ何か言おうとしているが、有川は話はすんだとばかりに忠村から離れようとした。これ以上、この話を続けたくない。

だが――ぐいっと肩をつかまれ、強引に忠村の方に向き直らされた。

忠村の指が、両肩に食い込む。ぎょっとして顔を上げると、忠村は怖いほど真剣な目で有川を見下ろしていた。

「あんた、一番のお気に入りに裏切られたんですよ？　言っておきますが、あのホストが直前になって盗聴機を仕掛けるのを断ってきたのは、怖《お》じ気《け》づいたからです。良心の呵責《かしゃく》とかじゃありません。それどころか、あんたのことを終始馬鹿にするように、聞いてもいないことまでぺらぺらしゃべっていましたよ」

その内容には、ショックを受けた。

タクヤはゲイであり、金を介在させた関係ではあったが、少しは好意を持たれていると思っていた。なのに、その幻想を完膚なきまでに打ちのめしてくれた。正直、知りたくなかった。

「あんなやつらに、あんた、体を預けていいのか」

心配から出た言葉であろうと、それはノーマルに属している者の、強者の理論だった。そんなことを。そんな綺麗《きれい》事を言っていたら、この寂しさを、男がほしいと疼《うず》く虚《むな》しさを、どこで埋めればいいと言うのか。

はっ、と笑いがもれた。いや、意地で強気を装った。みじめになんかなりたくない。

有川はやんわり忠村の手をどけると、口の端を笑みの形に吊《つ》り上げ、少しずれていた眼鏡《めがね》のフレームを中指で押し上げた。

「恋人を作るよりマシですよ」

さばさばと言ってのけたその言葉に、忠村は息を呑《の》んでいた。

これで虚勢を張れただろうか。

有川は何事もなかったように奥の社長席に向かい、革張りの椅子《いす》に悠然と腰掛けた。恥じることなんかない。自分はこれからも、そうやって生きていく。

忠村は何か言いたそうな顔をしていたが、そこにメロンが戻ってきて、結局、何も言わずに席に着いた。

それから、有川も忠村もフル回転で働くことになった。ケーキバイキングという全社イベントの準備のためだ。

有川は、自社のケーキの味にあまり興味がない社員が多いという現状を把握し、さらに取締役まで味に関心が薄い状態だということに危機感を覚えていた。そこで、まずは取締役も含めた全社員に現状のケーキの味を知ってもらおうと、ケーキバイキングを企画することにした。しかもこのケーキバイキングで自社のケーキとリデールを含む他社のケーキを用意し、どれだけ味が違うか比べてもらうつもりだ。

まず企画を出した時点で問題になったのが、全員で集まって食べるか否かだ。

余計なことはしなくていいという見解の堀池は、「全社員に配って家で食べさせればいい」と言うが、それでは駄目だ。家に持って帰れば家族が食べる可能性がある。これは市場アンケート調査ではなく、社員の意識向上のための企画だ。社員が一堂に会して、社員自身が食べ、意見を言い合うことに意義がある。そしてその光景を取締役に見せることが、有川の最大の狙《ねら》いなのだ。

結局、ケーキバイキングの企画は社長室が中心になって行い、他の部署には極力迷惑をかけないという条件でなんとか取締役たちの了承を得、想定していたより早い、来週の木曜に実行することが決まった。そしてそれからは、通常業務の上にイベント準備を抱え、実行部隊である忠村とメロンとともに、様々な調整に駆け回る日々を送ることになった。

そんな中、一番困ったのが堀池のことだ。

「堀池専務は参加しないとのことです」

堀池の秘書から連絡を受けたメロンに報告され、有川は頭を抱えた。他の取締役はそうでもないのだが、堀池はがんとして理解を示してくれない。企画は渋々通したが、自分は賛同しないというスタンスなのだ。

だが、今の実質のトップは堀池だ。その堀池が参加しないなら、イベントの意味は半減する。有川は連日気をもんで、あまり眠れない有様だった。睡眠不足で少し頭痛もする。

（はぁ……）

トイレに立ち、戻ってくるところで、廊下で堀池と出くわした。

参加を再度お願いしようかとも思うが、堀池の顔を見て、そんなことを言える雰囲気ではないと悟る。堀池は不機嫌マックスだった。

「ちょうどいい。君の方に行くところだったんだ。あの野良犬のことだ」

ああ、あれか、と思う。

先日、堀池から忠村の身辺調査をするようメロンに依頼があった。メロンがどうすべきか尋ねてきたので、堀池の依頼があってから調査したように装い、日数を空けて資料を渡すよう言ったのだが、かなり最悪な時期と重なってしまった。

しかも、すでに調査していたことは内緒なので、有川も今知ったようなふりをしないといけない。面倒《めんどう》なことだ。

「あの野良犬には前科があった」

「前科……ですか？」

一応、驚いたような声で聞き返すと、堀池は勢い込んでまくし立てた。

「しかも殺人未遂ときた。考えられん話だよ。荒崎が拾ってきたやつだからろくなのじゃないとは思っていたが、まさか犯罪者とは……」

周回遅れなリアクションに内心げんなりしていたが、何か物音が聞こえた気がして、振り返った。

「おい、話はまだ……」

「ちょっと待ってください」

廊下を曲がった先まで走り、人の有無を確認する。こんな話を聞かれてはまずいと思ったが、幸い人影はなく、気のせいだったようだ。

堀池のところに戻り、場所を変えようということで喫煙室に行き、話をした。といっても、忠村を危険視する堀池と、忠村を擁護《ようご》する有川の意見が平行線に終わっただけだが。

徒労を感じながら社長室に戻ると、少し早めの来客があり、忠村が有川を待っていた。堀池に捕まった時間がロスだったなと思いながら、有川は急いで応対した。

その日の残業時、有川は席で椅子の背もたれを後ろに傾け、両手を上げて、んーと伸びをしていた。

時計を見ると、八時を過ぎている。今度はふぁぁぁとあくびが出た。

どうも集中力が切れている。休憩を入れたいなと思っていると、忠村が社長室に戻ってきて、二つ持っていた缶コーヒーの一つを有川の前に置いた。

「お疲れ様です」

「あ、ああ……ええと……」

飲み物を忠村が有川に出したことはない。警備上の観点から、メロンが禁止しているからだ。

今さら忠村を疑っているわけではないが、ルールを破るのはメロンに悪いような気がしていると、忠村がつけ加えた。

「缶コーヒーならいいでしょう？」

「……そうですね。ありがとうございます。でも、どうしたんです？」

こんなことをされたのは初めてなので、単純に不思議で聞き返したのだが、忠村は微笑《ほほえ》んで、「どうもしませんよ」と答えた。

何かきっかけがあっただろうに、言わない。それがなんだか秘密めいている。

……あれかな、と思う。数日前に、ホストのことで言い合いをした仲直り。そんなところだろうか。あれから一気に忙しくなったため、こうしてゆっくり話す時間はなかった。

だとしたら、まめだなと思う。こういう男はモテる。

そんな分析をしながらも気遣われたことは嬉しく、初めてもらったプレゼントだから空き缶は持って帰ろうと密《ひそ》かに思いながら、コーヒーを飲んだ。

うまい。実に久々にまともなコーヒーを飲んだ気がする。

それが顔に出ていたのだろう、忠村は笑った。だが、その笑顔がどこか儚《はかな》く見えて、どきりとする。

いつになく、忠村のまなざしが優しく、寂しそうな気がした。まるで、この一時はもう二度と訪れないとでもいうような。

——まさか、荒崎から呼び出しがあったとか。

別れの匂《にお》いを嗅《か》ぎ取って、まず浮かぶのはそれだ。有川は表情を引き締めた。

「忠村さん、叔父《おじ》から何か連絡はきていませんか？」

「いえ？　きていませんが」

気負いのない返事が返ってくる。違うらしい。逆に「何かあったのですか？」と聞き返された。

「そういうわけじゃないです。叔父から変なことをされてないなら、いいんです」

されてませんよ、とおかしそうに笑う。忠村のまとう空気が、少しだけ明るくなった。

それから会話が途切れても、忠村は席には戻らず、有川の机の斜め前で一緒にコーヒーを飲んでいる。

「……昨日、なかなか寝つけませんでした。堀池さんの説得、どうしようかと思って」

「そうでしたか。まあ、なんとかなりますよ。俺も手を尽くしますので」

「すみません。ケーキバイキングの準備だけでも大変なのに」

「いえいえ、秘書は雑用のエキスパートですから、なんでもご用命ください」

「雑用のエキスパートって」

その言い方に笑い、ずずっとコーヒーをすする。忠村も惜しむように、ゆっくりと飲んでいる。

もしかしてこれって、いつもと違うというより、ちょっといい雰囲気なんだろうか。

仕事に忙殺されている時は、そんな益体もないことは考えないのだが、気が緩むと途端に忠村のことを意識してしまう。それで落ち着かなくなり、缶をぐいっと傾けたら、気管に入った。

ぶふっとコーヒーを盛大に噴いてしまう。しかも慌てて缶コーヒーを置いた場所が机の端で、缶はズボンに中身を垂らしながら落下した。最悪だ。

「大丈夫ですかっ」

忠村が箱ティッシュをつかんで机を回り込んでくる。

「だっ……ごほっ……大丈……っ」

いきなり、忠村の手が自分の頭の横にくる。その手が椅子の背をつかみ、ぐるっと回される。有川は忠村の正面に向かされた。

「社長、足を開いてください」

「あ、し?」

忠村が床に跪《ひざまず》いた。

普段見ることのない姿勢を取られ、どきんと心臓が跳ね上がった。

これは、やばい。

そう思ったのに、忠村の手が伸びてきて、太ももにこぼれたコーヒーをティッシュで押さえつけて吸わせる。

「――ッ」

忠村の大きな手が、太ももに触れている。触れているどころではなく、ほとんどつかんでいるような状態だ。

まずいと思うのに、忠村の手の近くにあるそこに血が集まっていくのが自分でもわかる。しかも、手が離れたと思ったらまたティッシュを替えて同じことをされ、それを三度繰り返された時点で、もう駄目だった。

忠村の手が、止まる。

知られた。

彼の手に、欲情していることを。

「ごめ……っ」

顔が火を噴いたように熱くなる。

前の盛り上がりが恥ずかしくて、椅子を回転させて背を向けようとしたが、がしっと、椅子の座面をつかまれて阻止された。

「なっ……」

こちらを見上げる忠村の表情に嫌悪はない。それどころか、少し笑っている。

「……この程度で反応するんですか？　よっぽど男に飢《う》えているんですね」

どうやら、触られてそこが硬くなったのは、欲求不満だからだと思われたらしい。

それも不名誉ではあるが、忠村が好きだからだとは、絶対知られたくない。

顔を引きつらせながらも、ぎこちなく肯定した。それで話を進めるしかなかった。

だが。

「出張ホストをいつまで自粛すべきかと、この前聞きましたね？　まだ当分は控えるべきかと思います。——ですので、俺が代わりにお相手しますよ」

まるでその書類なら俺が出しておきますよ的にあっさり言うので、有川は一瞬、本当に理解できなかった。けれど、忠村の指が股間《こかん》を軽くなぞったところで、信じられない現実を触覚で認識した。

「なっ、に、言っ、て」

「ああ、さっき寝つきが悪いとおっしゃっていましたね。一発抜いておけば、今夜はよく眠れますよ。上司の健康管理も秘書の務めです」

そんな言葉を、笑みさえ浮かべて彼は言った。

異様だった。

賭《か》けてもいいが、普段の忠村ならそんなことは言わない。彼の真っ当さはよく知っている。

なのに、忠村はこぼれたコーヒーを最低限さっと拭《ふ》き取ると、立ち上がり、社長室のドアまで行って内側から鍵《かぎ》をかけた。

こちらに戻ってくる間に、忠村は携帯端末を取り出し電話をかける。その口調で、相手はメロンだとわかった。メロンは今、三人の夕食の弁当を買いにコンビニに向かっている。

「すまないが、社長がピザを食べたいと言い出してな」

さらりと嘘《うそ》を言い、近くのピザ屋とピザの種類を指定する。もうメロンは忠村を警戒しなくなっているので、あっさり了解を得て忠村は電話を切った。

その行動に、有川は目を丸くしていた。

忠村は、本気だ。

「これで十五分は稼げます」

「そんな、何、さらっと」

「時間は作るものですよ」

忠村は当然のように言ってのけ、再び有川の前に跪き、足の間に割り込んだ。

「いや、ちょっ、会社でこんな……っ」

「勤務時間には含めませんよ。社長は残業代つかないからいいでしょう」

「そうじゃなくて……⁉」

忠村の手が、有川のズボンのベルトを外し、ファスナーに手をかける。慌ててその手をつかんで阻止した。

「いい、いいっ、です。そんなこと、しなくてっ」

「遠慮しなくていいんですよ。最初、ホストの代わりをしろと言ったのは社長の方じゃないですか」

「そ、それは、もう状況が違いますしっ」

「それに社長のそこは、すっかりその気になってるみたいですけど」

忠村の目線にあるものは、興奮のあまりぎちぎちにズボンの布を押し上げていた。あまりにもはしたなすぎる自分の下半身に愕然《がくぜん》とする。

「今さら何を照れているんです？　エロ社長のくせに」

そんなことを言われ、かぁっと頰《ほお》に朱が散った。

「エ、エロ社長って」

「エロ社長でなければ、破廉恥《はれんち》社長ですか？」

「な、なっ、やっ、やめてくださいっ、そういう言い方……っ」

抗議するが、有川の手は振り払われてズボンの前を開かれ、それはあっさり外に引きずり出されてしまう。

「……する前からぎんぎんですね」

手の中にある硬い膨らみを忠村が指でなでる。他人のそれを間近に見て、躊躇《ちゅうちょ》はしているようだった。だが、忠村はごくりと唾《つば》を飲み込むと、意を決したようにその先端に舌を這《は》わせた。

「……ッ」

いきなり口でするとは思わなかった。以前、有川が忠村にそうしたせいかもしれないが、ノーマルの男にとっては、口でするというのは抵抗感が強いはずだ。

しかもホストとする時は、する前に風呂《ふろ》に入るのが普通である。なのに忠村が舐《な》めたものは、残業時の、一日の終わりの状態だ。ノーマルの初心者には間違いなくハードルの高すぎる代物である。初めての味、初めての雄独特の匂いに、忠村は固まった。

……うん、そうなると思います。

しかし忠村はめげず、震える舌で裏筋を丁寧になぞり始める。

嫌そうとまでは言わないが、欲情はしていない。一言で言えば、忠村は必死だった。

「あの、いや、無理だと思うんで……」

「いいんです、させてください」

させて、くださいって。

お相手しますとか秘書の務めとか、不自然な理屈をつけられるよりは、そのシンプルなお願いの言葉でぐっと抵抗感が緩む。

忠村は張り出した部分を唇で挟んで吸い、先端の小さな穴を舌先でくじるようにつつく。男が感じる部分を的確に舐め回され、有川はだんだん息を弾ませ、一段と張り詰めた。

「……増えましたね」

まるでワカメのように言われながら、唇を押し当てられ、口の中に呑み込まれていく。仕事熱心でストイックな忠村が、慣れないながらも一生懸命頬ばってくれている。その健気《けなげ》さもさることながら、初めてなので少しずつしか含めず、焦《じ》らされるのも強烈だった。

忠村さんが、忠村さんが、そんな……。

夢でもこんな淫らにはならないという状況に、すぐにマックスまで膨れ、先走りをこぼし始める。それで口内がさらに微妙な味になったのか、忠村の眉が寄せられる。すみませんすみませんと思いながらも、その悩ましい表情の破壊力が半端なく、有川は一気に限界を迎えた。

「忠村さん、もう、イくっ」

もう？　と忠村が戸惑っているのがわかる。こぼさないようにと、さらに深く呑み込もうとするが、有川はがしっと忠村の頭をつかんで引き離そうとした。

ノーマルの初心者に、飲ませるなんてとんでもない。

「駄目ですっ、口、離してくださいっ。絶対、駄目ですっ！」

強行に主張すると、忠村は逆らわずに口を離した。瞬間、有川の意識は真っ白に弾《はじ》けた。

欲望の飛沫《しぶき》が、勢いよく放たれる。

気づいた時には、忠村が呆然《ぼうぜん》と有川を見ていた。

（う、嘘……っ）

イッてるところを、見られた。

しかもまだそれはびゅくっ、びゅくっと脈打っていて、白濁が忠村の手にどろどろに降り注いでいる。口で受けられるよりもいたたまれない状況に、顔がぶわっと熱くなる。めちゃくちゃ恥ずかしい。今すぐ手品のように消えてしまいたい。

会社なのに、社長なのに、小さな子供のように思わず泣き出しそうになる。

それを見て、忠村は目を瞠《みは》り――。

「――そんな反応をされると、そそりますね」

声のトーンが、一オクターブ、下がった。

(え……？)

忠村は立ち上がると、有川の腕をつかんで立たせた。

「机に、両手をついてください」

その声に欲情がにじんでいる気がして、どきりとする。思わず言われるままに、目の前にある重厚な両袖《そで》机に手をついた。

「あっ……」

ズボンと下着を膝《ひざ》下までずり下げられる。

状況を把握する間もなく、ぬるりとぬめった指が後ろをなぞり、つぷりと入ってきた。

「な、何っ……」

「社長がさっき出したものを、お返ししてるんです」

自分の残滓《ざんし》が、忠村の指によって中に塗り込められていく。社長室にぬちぬちと、後ろをほぐす音が響く。

「やめ……っ」

有川が身をよじって行為を中断させようとすると、後ろから片腕が伸びてきて、がっしりと体を押さえつけられた。

忠村に抱き締められるような形になり、体に甘い震えが走った。しかもその手が背広の内側に入り込み、ワイシャツの上から偶然、胸の尖《とが》りに触れた。

「……？」

なんだこれ、という感じでその引っかかりを指の腹で確かめられる。

「乳首……ですよね」

その声には、男なのにこんなにはっきり形を成すのか、という驚きが混じっていた。

「……って、あの、そうなるの、普通ですから」

「普通、ですか？」

「普通ですっ」

男でも、乳首を刺激すれば反応する。それは男同士の経験がある者には至って常識なのに、そんなふうに新鮮に驚かれるのが、なんだか非常にいたたまれない。

「本当に？　見ていいですか？」

許可する前に、忠村は片手で有川のネクタイを引き抜き、ベストとワイシャツのボタンを外し、乳首を露出させた。空調は効いているが、ひんやりとした空気に触れ、ふるっと先端が震える。

それを見て、忠村は息を呑んでいた。

「……これは、だいぶいやらしい乳首ですね」

「なっ……」

「だって、俺のと全然違いますよ」

その言い草に、羞恥《しゅうち》でかぁぁぁっと顔が熱くなった。

いやらしくなどない。色も形も大きさも、普通だ。普通の範囲だ。未開発な忠村のと比べるから、大きく見えるだけで。

そう訴えようとしたのだが、さっそく指で直《じか》につままれた。

「……んっ」

気持ちいい、と言っているような声が、思わずもれてしまう。芯《しん》を持ったそれをくりくりと指の間で転がされ、押し潰《つぶ》され、有川の抵抗は明らかに鈍った。

「あっ……やっ……」

「ここ、敏感なんですね」

「そっ……そんなの、普通ですっ」

「普通？　これでですか？」

「そうですっ」

自分がアブノーマルだという自覚はあるが、乳首をいじられて感じるのは普遍的事象だ。そう言いたかったのだが、忠村は素直に納得してくれなかった。

「あっ……」

後ろから、いったん指が抜かれる。

その指で、忠村は机の上に散らばっていたクリップを一つつまんだ。それを有川に見えるように前に持ってきて、両手で変形してみせる。ちょうど何かを挟めそうなぐらいまで。

「……や……ちょっ」

「じっとして」

本来、紙を挟むための道具に、乳首が挟まれる。そんなの無理だと思うのに、クリップは乳首を挟んだ状態で固定された。

「……うそ……っ」

細い金属に挟まれ、わずかに痛む。だがその痛みが絶妙に被虐心《ひぎゃくしん》を煽《あお》った。

有川の前は、さっき出したばかりなのに、またはしたなく勃《た》ち上がり始めている。その反応を確認し、忠村の吐息が笑った。

「ここにクリップをして感じるのが、普通なんですか？」

「……そっ……れは……」

「気に入ったなら、もう片方もつけましょうか」

だんだん忠村の言動に、戸惑いやためらいがなくなっていく。

刺激を想像させるように、忠村の指がもう片方の乳首にも触れてくる。その指には残滓が絡んでいて、触られた乳首がぬらぬらと卑猥《ひわい》に光った。

つけてほしい。両方とも。

そう思うと、乳首はねだるように硬さを増す。

忠村はくすっと笑い、もう一つクリップをつまむと同じように変形させ、もう片方の乳首も挟み込んでしまう。

「……っ……っ」

望んだ仕打ちを両方に与えられ、有川は恥辱で細い体を熱く火照《ほて》らせていた。

こういうのは、たまらなく好きだった。ホストがやってくれたなら、絶対次も指名する。

だけど、忠村の前では死ぬほど恥ずかしい。今すぐ逃げ出したい。

矛盾した気持ちがせめぎ合い、恥ずかしさの方が勝る。

「も……やだ……っ」

快楽に抗《あらが》いながら声を奮い立たせて言ったのに、忠村はその命令には従わず、再び片腕で逃すまいと拘束してくる。

「社長がこんなにお喜びなのに、俺がやめるわけがないでしょう？」

ぞくりと、体が震えた。

手探りで有川に奉仕していた忠村の声に、確信がにじみ始める。忠村は仕事同様、こんな時まで、上司のニーズを把握することに長《た》けていた。

忠村の指が、後ろの窄《すぼ》まりを再びなぞり始める。

吐息が耳に近づいてきて、腰に響く声で告げられる。

「ひくひくしてる」

「そっ……」

忠村にそんな卑猥なことを吹き込まれ、普段とのギャップにずくりと体の奥が疼く。

指を埋め込まれ、かき回され、ほぐれたところで二本目の指を受け入れさせられる。

「社長席で後ろをいじられる気分はどうです？　すっかりぐずぐずですけど」

「い……言わな……っ」

「ああ、もう一本入りましたよ」

忠村の深みのある声が、どんどん意地悪くなっていく。

抗っても無駄だった。この優秀な秘書からは、もう逃れられない。

「指じゃ足りないようですね」

ぐちゅ、ぬちゅっ、と、わざと卑猥な音をさせながら、忠村が笑うように問う。

「何を入れてほしいですか？」

それは、悪魔のささやきだった。

ふるりと、クリップをつけられた胸が震える。

忠村を入れてほしい。

そう一言言えば、叶《かな》うのかもしれなかった。自分の一番の願いが。

だが――有川の理性が、このまま流されるのをなんとか踏みとどまらせた。

忠村は多分、秘書の延長でこの行為を始めた。

忠村には上司に過剰に尽くす傾向がある。荒崎の命令なら犯罪まで犯そうとした男だ。

有川は、荒崎に関して引っかかる部分は多々あるが、何より忠村をいいように使ったことが許せなかった。忠村は純粋に秘書として荒崎に尽くしていただけなのに、その一途《いちず》な気持ちを利用して犯罪に走らせたのだけは、我慢ならない。

だから自分も、本当は忠村に、こんなことをさせてはいけないのだ。

有川はぎりぎりのところで、忠村がほしいという私欲の言葉を呑み込んだ。

「もう、いいです……もう……いいっ」

「……」

その言葉は、行為の中止を意味したものだ。それを察したのか、忠村の指の動きが止まり、少し間が空いた。

忠村は有川の真後ろにいる。だから忠村がどんな顔をしているのかはわからない。

指を抜かれ、ほっとしたような、泣きたいような切なさを感じた。これでいいと思うのに、未練が残る。

その途端、何か硬いものが後ろに当たり——ぐりっと、一気に中に押し込まれた。

「……あッ!?」

何かを挿《い》れられた。貫かれた。

本物ではないが、指よりも太くて長い人工物だ。その一端を忠村が握っている。

「何っ、をっ、挿れ……っ」

「油性マジックですよ。極太の」

「マ……!?」

驚いて肩越しに振り返った。よく見えない。すると忠村はいったん抜き、それを悪びれもせず見せた。

表面がぬめぬめと光る、黒い極太マジック。

その生々しさに呆然としていると、先端のフタの部分をまたそこに押し当てられた。

「ちょっ、やっ、そんな……っ！」

さっきと違い、今度は挿れられるものの正体がわかっている。それ用に作られたものならまだしも、マジックである。だが、さっき難なく入ったものは、今度もずぶりと埋め込まれた。

「――‼」

脳天まで貫かれるように、体に電流が駆け抜ける。

「あっ、やっ、ああっ、あぁぁあっ‼」

背広が好きなぐらいだから、シチュエーションとしてオフィスは好きだった。

その会社で、社長室で、普段使う文房具を想い人に突っ込まれてかき回され、有川はよがり狂った。

「乳首にクリップをつけて、マジックでよがれるんですか。なるほど、社長の嗜好《しこう》の傾向はつかめました」

忠村の酷薄な声が耳を苛《さいな》み、有川をますます昂《たかぶ》らせる。

「……あっ⁉」

忠村の長い指が胸のクリップをつまみ、ぎゅっと押さえつけてくる。細い金属が食い込み痛みが伴うが、それにすら感じてしまう。

しかも、マジックを出し入れされているうちにいいところに当たり、びくっと震え上がる。それを見逃されるはずもなく、その感じるところをマジックのフタの縁で執拗《しつよう》にこすられた。

「いやっ⁉　それやぁぁぁあああああっ‼」

刺激が強すぎて痛いぐらいなのに、有川の前は限界まで張り詰め、ぶるぶると震えていた。好きな人にひどいことをされる快感と、こんな変態を暴かれる恥辱で、どうにかなりそうだった。

「――これで俺が充分に使えるということは、わかっていただけましたか？　出張ホストが使えない以上、代わりは必要ですよね」

耳に吹き込まれた言葉は、しびれるようないい声で、でもどこかすがるような響きを帯びていた。

有川はマジックに責め立てられ、何度も頷《うなず》かされながら、イかされた。

体液を吐き出して頭が真っ白になり、立っていられずにずるずると床に崩れる。

「そろそろ、時間ですね」

忠村は腕時計を確認してマジックを抜き、有川の放ったものを始末し、衣服を整えさせた。有川は半ば呆然としているのだが、その間にも忠村は残滓をぬぐったティッシュを袋に詰め、窓を開けて換気を行う。そんなことにも周到で、仕事のようで少し怖くなる。

それに、有川だけが感じさせられ、いい思いをしたことに気づかされる。忠村自身はただ奉仕しただけだ。

「あの……」

いろいろ聞きたいことはあるはずなのに、あとが続かない。そんな有川に忠村は笑った。

「これからは遠慮なく、俺をホストの代わりに使ってください」

到底頷けない言葉で、忠村はこの件を締めくくった。

それから、有川の頭の中は、忠村のことでいっぱいになった。

どういうつもりなのか、忠村の意図が読めない。

秘書の延長にしたって、やりすぎだ。普通じゃない。第一、忠村は坂本が好きなのではなかったのか？

そう思う一方で、土曜も日曜も悶々《もんもん》として、忠村にされた行為を頭の中でたどり、自らを慰めた。

忠村にこんなことをさせてはいけないと思いつつも、本音はもう一度したかった。いや、叶うなら何度でもしたい。忠村がほしい。

そんな冷静さを欠いた心境で月曜を迎え、その日のスケジュールをこなしながらも、ほとんど上の空だった。とにかく忠村と一刻も早く話したかったのに時間が取れず、昼休みも忠村が用事があると言って出ていってしまい、もう何も手がつかない状態になっていた。

「社長」

午後、忠村に声をかけられ、びくっとした。

「堀池専務がケーキバイキングに参加するとのことです」

「え……？」

「今日の昼、堀池専務の秘書の福野《ふくの》さんに説得をお願いしたんです。堀池専務は長年、福野さんに秘書を任せていますから、福野さんには弱いんですよ」

「そうなんですか……」

福野は五十代の女性で、ベテランだ。忠村は秘書仲間ともよい関係を構築しているのだろう。相変わらず頼りがいのある秘書である。

しかし、ケーキバイキングにおける一番の懸案が解決したというのに、そんな腑《ふ》抜けた返事しか返せない。そんなことより、そんなことより、忠村と話がしたかった。

それからしばらくして、メロンが社長室を出ていった。忠村と二人きりだ。

話したい。

だけど勤務時間に、そんな話を？

躊躇していると、忠村の方から有川の机に近づいてきた。慌てて席を立って出迎える形になった有川に、忠村は笑った。

「そこまで挙動不審だと、瓜園さんに気づかれますよ」

「……そ、それは」

「そんなに俺をほしがってくれるなんて嬉しいです。次はいつにしますか？」

次。次もしてくれるのか？

思わず飛びつきそうになるが、なんとかこらえた。それより先に話すべきことが。

それを言おうとしたのだが、忠村の両手が顔に伸びてきて、眼鏡を外された。途端にぼやけた視界の中で、忠村は大事そうに眼鏡を折り畳み、片手に持った。

「……？」

なぜそんなことを？　と思った瞬間、片腕で抱き寄せられた。

その拘束の甘やかさに、ぶるりと体が震える。そこに忠村の顔が近づいてきて、唇が触れた。

「……っ！」

ぬるりと忠村の舌が唇をなぞる。顔の角度を変えられ、唇を食《は》まれる。

キス、されていた。

「……んっ……ふ……っ」

舌が歯列を割って、中に侵入してくる。口の中がふさがれ、息を奪うように荒っぽく蹂躙《じゅうりん》される。

体の血が一瞬で沸騰したように、熱い。

あまりの衝撃と歓喜でうまく呼吸ができず、膝ががくがくと震えた。唇を離した時には、軽く酸欠になっていた。

「やっぱり、オフィスでするとすごく燃えるんですね、貴方は」

忠村に笑いかけられ、呆然とする。

「なんで……キス……っ」

「キスぐらいで何を動揺してるんです。ホストとはいつもしているでしょう？」

ホストとキスはしていない。一度、キスは客とはしないというホストにあたり、そういうものかと思ったからだ。

だが忠村にそう聞かれ、有川は思わず頷いていた。忠村は疑いもせず、再び唇を重ねた。何度も厚めの唇についばむように食まれ、喜びに打ち震えた。

けれど、忠村は坂本が好きなはずなのだ。

どくどくと心臓がうるさく脈打つ。やはりそれだけは、はっきりさせるべきだ。

唇が離れたところで、いったん忠村の胸を押し返し、眼鏡を取り返して所定の位置に戻す。いつものクリアな視界になったところで、意を決してその疑問を口にした。

「あのっ、忠村さん、坂本さんのことは……？」

「は？」

「坂本さんのこと、好き、なんですよね？」

途端、忠村に眉を寄せられた。

「……誰《だれ》がそんなことを言ったんです」

「いえ、言ってないですけど……違うんですか？」

はぁー、とため息をつかれた。

「仲がいいのは否定しませんがね。知り合って二年以上経つんですよ？　その気があるなら、とうにつき合ってますよ」

それもそうだ。

とても説得力のある説明に、心の中で大きく頷いていた。

「ていうか、坂本さん、好きな人いますよ」

「え、そうなんですか？」

なんでわからないんだあんた、という顔をされるが、そんなのわかるはずがない。

そんなことより、一番大きな胸のつかえが取れ、光が差し込んだように気持ちが明るくなった。

「じゃあ、忠村さん、今フリーなんですか」

「当たり前です」

その明瞭《めいりょう》な返事に、喜びが顔にあふれてしまう。それですべての曇りが晴れたような気になってくる。

もしかして、幸せになってもいいんじゃないか？

そんな、あのトラウマ以来、存在さえしなかった希望がぽっと浮上する。大学の先輩とのあの苦い教訓さえ、にわかに薄れていく。

忠村は真っ当な人物で、信頼できる。忠村に恋人も好きな人もいないなら、大きな障害はない。

だがそれを言うなら、先輩だって表面上は優しかったし、フリーだった。

ノーマルだというのも先輩と同じだし、ホストの代わりを申し出るという、普通の恋愛とはほど遠い不自然な始まりというのも類似がある。

何一つ、過去の教訓が生かされていない状況なのに、有川はすでに甘やかな期待で胸がいっぱいになっていた。

目の前の忠村は苦笑し、優しげに目を細めた。

「そんな顔をされると困りますね。今は勤務中なんですよ？　……そうですね、ケーキバイキングが木曜に終わりますから、次は金曜にしましょうか？」

金曜。四日後。

それでも待ちきれない気持ちだったが、有川は頷いた。ケーキバイキングが終わるまで、時間に余裕がないのは確かだった。

「じゃあ決まりです。楽しみにしていてくださいね」

耳元で、あのいい声でささやかれ、天にも舞い上がる気持ちだった。もうめろめろで、冷静な思考はぴくりとも機能しない。

告白はされていない。つき合いも始まってはいない。だがその方向に間違いなく進んでいる。有川はもう、それ以外の可能性を思いつかなかった。


そして、木曜日当日の午後七時前。

きらびやかなシャンデリアが輝く中、赤を基調とした絨毯《じゅうたん》に白い丸テーブルが並べられたホテルの会場に、続々と風華堂の社員が集まってくる。約四百人の従業員のうち、最終的に出席を表明した人は九割を超え、急な企画だった割に参加率は上々だ。

会場内で段取りの説明を忠村から受けていると、堀池がやってきた。

「お疲れ様です、堀池さん。今日は来てくださってありがとうございます」

有川が声をかけるが、堀池は渋い顔で鼻を鳴らした。

「ケーキを奢《おご》ったぐらいで、君のイメージを回復できるとでも思っているのかね？」

ここに至っても堀池は企画の主旨を正しく理解してくれなかったようだ。有川はそれに対しては何も言わず、ただ笑って受け流した。

そして午後七時になり、有川が挨拶《あいさつ》したあと、ケーキバイキングが始まった。

用意したケーキは十種類。有川と商品開発の社員がおいしいと思うケーキを、風華堂から五種類、リデールを含む他社から五種類選んだ。

会場内はざわめき、あちこちから談笑が聞こえてくる。

「これおいしーい」

「これもイケるよ」

「どれどれ……ってどっちもリデールかよ。風華堂のは？」

「これ風華堂だけど……いまいちだな」

「これも。なんか見た目が派手なだけで、スポンジのところがおいしくない。生クリームも味が薄いし」

「リデールの方がおいしいよねー」

どのテーブルからも大体、リデールがおいしい、風華堂のはぱっとしない、という声が聞こえてくる。そんな中、有川はケーキで顔が緩んでいる社員たちの間を回って話をする。堀池が言っていた通り、自身のイメージ回復にも地道につなげるつもりだ。ケーキ好きが集まっているテーブルでは、ケーキ談義で盛り上がっており、そこにも顔を出す。

しばらくして、ふと忠村を目で捜すと、堀池の秘書の福野と一緒にケーキを食べていた。だとすると堀池はどうしたのかと見回すと、珍しくメロンが堀池の隣に座って話し相手になっていた。そろそろボディガードの契約終了が近づいているので、何か挨拶でもしているのかもしれない。

それからテーブル巡りが一段落したところで、有川もケーキを食べようと、ケーキの並んだテーブルに向かった。そこにはケーキバイキング用に通常より細くカットされたケーキが並べられている。そこで坂本と鉢合わせた。

「あ、先……社長」

坂本はケーキを取ろうとしていた手を引っ込め、ぺこりとおじぎをした。

「いいよ。気にしないでどんどん取って」

「社長は何個目ですか？」

「不本意ながら、やっとこれから一個目だよ。そっちは？」

「八個目です。十個全部制覇しますよ」

「スイーツ研なら当然だな」

ですね、と坂本が嬉しそうに笑う。

「それにしても、おいしいですねリデール。女の子たちはリデールで買うようになっちゃいますよ。このイベント、ちょっと逆効果じゃないですか？」

「いや、そうでもないさ」

そう言って、有川は会場を見渡した。呑気《のんき》にケーキバイキングを楽しんでいる社員もいるが、「風華堂はこのままでいいのか」という議論をしている社員は結構いる。近年の風華堂の利益不振とリデールの成長を関連づけて考えられる社員は、その原因がなんであるかをはっきりと理解しただろう。

そして何より、有川の一番の目的である、取締役に味が問題であるという認識を持たせるというのは十二分に成功した。取締役は全員、自社ケーキの評判の悪さに危機感を抱いていた。終盤に差し掛かり、どのケーキがおいしかったかアンケートを取ってその場で集計したが、上位三位はすべて他社に持っていかれる結果になった。

「商品開発に力を入れる必要性をわかっていただけましたか？」

終わりに近づいたところで、会場の隅にいた堀池に話しかけた。有川の隣に忠村がいたので堀池はしかめっ面《つら》だが、認めざるを得ないという感じで首を縦に振った。

「商品開発の人員は増やそう。それと運転手の件だが、我々は廃止するが君は運転手をつけなさい。ペーパーだから心配していたが、君に運転は無理だ」

「……ありがとうございます」

どうやらメロンが有川の運転技術のなさを堀池に話したらしい。それは依頼人の意思に沿うのか？　とは思うが、感謝はせざるを得ないだろう。隣の忠村はあからさまにほっとしていた。

とりあえず、第一関門はクリアだ。

だが、もう一つ、認めてもらわなくてはならないことがある。

「ところで堀池さん、今日はどうして来てくださる気になったんですか？」

なぜ今さらそんなことを聞くのかと、堀池はばつが悪そうな顔をする。

「福野に、若い社長相手に寛容さが足りないと言われてな。まあ顔を出すぐらいはと思って来たんだが」

「その説得、福野さんに頼んだのは、忠村さんです」

堀池は反射のように眉を寄せ、忠村はなぜそんなことをバラすのかという顔をするが、有川は続けた。

「そんなことができるのも、忠村さんが社内で好かれているからです。忠村さんが仕事熱心で優秀なのは、堀池さんもご存じですよね？　僕ががんばれるのも、彼がいるおかげです。……前科があると言っても、すでに服役して罪を償っています。どうか、忠村さんのことを認めてください」

そうまっすぐに堀池に訴える。

突然のことに、忠村は呆然と成り行きを見守っている。

しばらく睨《にら》み合いが続いたあと、堀池は静かに息を吐いた。

「君、前社長から受け取った遺産は、株だけだったそうだな」

「……え？　ええ」

唐突に話が変わり、気後れしながら頷く。遺言書に書かれた株以外の財産は、妻と竜太に分けられており、もし社長になっていなければ、有川は何ももらえないところだった。

「でも、結果的にはよかったですよ。そのおかげで、あの人も竜太も、とやかく言ってこないのだと思うので」

「そうだ。君が社長になった場合に、もっとも丸く収まるように財産分与がなされていた、とも言える」

堀池はぐるりと会場を見渡した。イベントの盛り上がりを少し悔しそうに見ている。自分ではこれは実現できなかったという顔をして。

「前社長は、君が継ぐことを望んでいたのだろう。改めて今、そう思ったよ。私は当たりを引いたようだ」

それだけ言うと、堀池はこちらに背を向け、歩き出す。

思わぬ言葉に驚いていたが、慌てて食い下がった。

「あの、忠村さんのことは……」

「今のボスは君だ。好きにしたまえ」

振り返りもせずそう言って、堀池は一足早く会場をあとにする。その後ろ姿をまだ信じられない思いで見送りながら、有川は頭を下げた。

あの堀池に、認めてもらえた。

じわじわと嬉しさが込み上げる。やったと思いながら隣を見ると、忠村は額に手を当てていた。なんのジェスチャーかと思ったら、手の下から透明な雫《しずく》が一筋、伝い落ちてきた。

え……!?

涙が頬を伝ってこぼれ落ちていく。しかも、あとからあとからあふれてきて止まる気配がない。肩を震わせる忠村に、有川はあたふたした。

とっさに湧《わ》いたのは、ともに喜びを分かち合う心とかではなく、こんな忠村を誰にも見せたくないという独占欲だった。

有川は急いで忠村を連れてホールを出て、細い通路に入った。

会場から少し離れただけで、賑《にぎ》わう声が遠ざかる。

心臓が、どきどきしていた。

「……すみません」

忠村は手を外して、隠していた目元を見せるが、またすぐに涙が込み上げてきて手で覆う。

目元が、真っ赤だった。

心拍数が倍増した。忠村が声を詰まらせて泣く姿に、きゅんとくる。

嬉しくて泣いているのはわかっている。自分がそうさせたんだと思うと、顔が、体が熱くなる。だからこの忠村は、今、自分が独占していいのだと、誇らしげに心の中で何度も繰り返した。

忠村は目元を隠したまま、泣き笑いのような声で言った。

「この前廊下で、前科の話、堀池専務としてましたよね」

そう言われて、一瞬戸惑った。

「本当は、あれ聞いてから、ずっと……いつ切られるのかと思っていました」

笑い話として言おうとして、途中でまた涙声になっている。

そんな大きな不安を、忠村が抱えていたとは知らなかった。

前科を知っていることはいずれ伝えたいと思っていたが、デリケートなことだけに、言い出せずにいたことを後悔する。

堀池と話したのは、いつだっただろう。確か先週の金曜だ、と思い出したところで気づく。

忠村がホストの代わりを申し出たのも先週の金曜で——廊下で前科の話をした、あとだ。途端、冷や水を浴びせられたように、体の熱がすーっと引いていく。

あの日、ホストの代わりを申し出る直前、忠村の様子はどこかおかしかった。忠村は動揺していたのだ。自分はここにはいられなくなるかもしれないと思い、それで有川に切られたくない一心で、あんな奉仕を。

——いいんです、させてください。

あの時の言葉とともに、忠村のすがるようなまなざしを思い出す。

不自然な始まりだった。そんなことわかっていた。

なのに自分はそれに目をつぶって、いいように考えて。

感極まって涙を流す忠村を前に、呆然とする。

男同士はうまくいくとかいかないとか、そんなこと以前に、有川は大前提を忘れていた。

自分は社長だ。会社のトップで権力者だ。

有川の意識としては、一番の権力者はあくまで堀池だったが、忠村にはそうは見えていなかったのかもしれない。忠村の処遇の件も、有川は堀池の同意を得ることを第一に考えたが、本当は、有川の胸三寸で忠村を雇用し続けることもできたかもしれない。そもそも、忠村を強引に荒崎の元から引き離して自分の秘書にしたのは有川である。その権力は誰よりも忠村が身に染みて感じていただろう。

忠村は有川を好きというわけではなかった。前科を背負い、荒崎から離れたばかりの彼は、有川にすがるしかなかったのだ。

忠村が背広の袖で目元をぬぐい、顔を上げる。

有川の手を取り、両手で恭しく捧げ持つ。涙で濡《ぬ》れた目でこちらを見つめ、そして。

「貴方に尽くせることが、俺の喜びです」

その揺るぎない忠誠の言葉で、思い知らされる。

あくまでも彼は秘書で、自分は社長なのだと。

秘書にほしいと最初に願ったのは自分。彼が秘書だったからこそ、その真っ当さに惹《ひ》かれ、それで自分は立ち直れた。

なのに、一瞬でも、彼が秘書でなければよかったなどと、思うなんて。

「……まったく、大げさですね。僕は貴方を捨てたりしませんよ」

忠村の手を軽く振り払い、戻りましょうと有川は素っ気なく言って踵《きびす》を返した。

「今日、どこか飲みにでもいきませんか？　瓜園さんも誘って打ち上げに」

嬉しいという気持ちが抑えきれないという様子で、忠村が聞いてくる。二人ではなくメロンと三人でという誘いが実に妥当で、有川に変に気を回さず、心から安堵《あんど》しているのが伝わってくる。そしてそんな彼こそ、有川が好きになった、いつもの忠村だと思った。

「いいですね。とても」

振り返らずにそう答えると、では店を取ります、と後ろで忠村が屈託のない返事をする。

彼のそんな明るい声を聞いて、泣きたくなる日がくるとは思いもしなかった。

今日はもう、めちゃくちゃに、それこそぶっ倒れるまで飲みたかった。


それから、三時間が経った。

（あれ……？）

有川はうっすらと目を開けた。

ベッドに横たわり、ぼんやりと天井を見る。

自分の部屋である。

直前まで自分が何をしていたのか、思い出せない。だが気にもならない。

夢の中にいるように、ふわふわしていた。

「……ああ、起きましたか？」

誰かの声がする。そっちを見ると、背広姿の男がいた。しかし誰なのかはわからない。

「よかったです。寝ているだけだとは思いましたが、吐いたりしたらまずいと思って、念のためにとどまりました。ああ、瓜園さんは先に隣に帰ってもらいました」

何かごちゃごちゃ言っているが、よく聞き取れない。

ここは自分の部屋で、背広の男がいる。

ということは、相手は自分が呼んだ出張ホストだろう。

ケーキバイキングが終わったあと、飲み屋で忠村とメロンと打ち上げをして、散々酔っ払ってダウンした有川は、そのように識別した。

「このままお休みになれそうなら、俺は帰りますが」

「こっち、こい」

「は……？」

「こっちこっち」

シングルベッドの、自分が横たわった隣のスペースをばんばんと叩《たた》く。その動作は完全に酔っ払いだったが、その男は少し笑いながら、言う通りに隣に来た。

「来ましたけど」

「よこっ」

男は素直に従って、寝転んだ。男の方に片手をのろのろと伸ばす。

「しよ」

「しよって……その状態じゃ、何もできないでしょう」

確かに、思うように体が動かない。うぅーっと有川はうなった。ホストが来る日にこんなに飲むなんて、失態だ。

今日はいつだろう。それがはっきりしない。ただ、忠村と駄目になったあとだ、という認識だけはあった。

人肌が恋しかった。たまらなく。

「いつかえるんりゃ」

「いつ？　いや、そろそろ帰ろうとしてたんですけど」

知らない間に、時間が経ってしまったらしい。まだ何もしていないのに。

「ついかりょうきん、はらうっ。ロングに、へんこうっ」

「……ああ、俺だとわかってないんですね」

心地のいい声だった。なぜだか切なくなる。

がんばって両手を伸ばした。

「ぎゅってして」

「ぎゅっ？」

「ぎゅっ」

言いながら頷くと、男はくすくす笑いながら有川の体の向きを変え、後ろから抱え込むように抱き締めた。

うわ。これ、いい。

最近味わった、腕の感触ととてもよく似ている。嬉しくなる。気持ちいい。

「もっと」

「もっと……ですか？　これ以上すると、プロレス技みたいになりますけど」

「もとっ」

さらに力が込められる。ぎゅっと締めつけられるのが心地いいが、少々苦しい。

「大丈夫ですか？」

「……くるしいけど、いーっ」

「いや、苦しいのは駄目でしょう」

力を緩められるが、さっきよりは強く抱き締められ、ちょうどいい締めつけに満足した。

ふにゃっと顔が緩む。

「タクヤ、すき」

「……タクヤじゃないんですけど」

「られれしたっけ？」

後ろを向いて顔を見ようとするが、体がうまく動かない。耳元に苦笑が下りてきた。

「直人です」

ナオト。

かすかに記憶に引っかかりがある気はするが、耳に馴染《なじ》みがない。多分、新人のホストだろう。

「ナオト」

「はい」

呼びやすい。いい名前だ。またふにゃっと顔が緩んだ。

「ナオト、すき」

「……誰でもいいんですか」

「られれも、いいっ」

くっくっと男は耳元で笑った。

「そうですか。言い切るあたりがいっそ清々《すがすが》しいですね。……あんた、ほんとにホストしかいらないんだな」

「うん」

　男が笑っているので、嬉しかった。笑い声も心地よかった。

「さっき、あんたに、ホストの代わりはもうしなくていいって言われたんですよ。ホストは飽きたらチェンジできるけど、俺は秘書だから、そうできないから駄目だって。なんの模範解答かと思ったんですけど、この状態でも同じようなことを言うってことは、本心なんでしょうね」

「うん」

　相変わらずごちゃごちゃ長いし何を言っているのかわからないが、男の声の調子がとても優しいので、それに合わせて頷いた。

「しかもそれをメロンの前で言うって、なんの罰ゲームですか。まあ、彼女はもう契約終了が近いそうですし、誰にも言わないと言ってくれてるからいいですけど」

「うん」

「うんじゃないですよ」

　耳元に、優しいため息が落ちてくる。

「ホストの代わりより、秘書がいいですか。そうですよね。貴方は最初からずっと、秘書として俺を評価してくれた。そういうことですよね」

うなじに顔を押しつけられる。腕の締めつけがまた少し強くなった。

「貴方がそうおっしゃるなら従います。俺はこれからもずっと……貴方の秘書でいます」

その言葉はなんだか切ない響きを帯びていて、慰めたくて、手を後ろにやって男の髪をなでた。

「ぎゅってして」

「……はいはい。ホストにはそんなに甘えられるんですか。ハリネズミはどこにいったんでしょうね」

「ぎゅーっ」

男の腕が、優しくくるんでくれる。その幸せな温かみに包まれて、有川は眠りについた。


有川はその日、忠村とともに残業をしていた。

夜の九時になったところでいったん手を止め、忠村に声をかけた。

「僕はまだ残業しますので、忠村さんは先に帰ってください」

「いえ、社長がいらっしゃる間は帰りません。秘書なんですから」

「一人で落ち着いて仕事をしたいんですよ。貴方を待たせていると思うと焦りますしね」

そこまで言われては仕方ない、と忠村は帰り支度を始めた。

今は社長室に二人きりだ。メロンは先週末に契約期間が終了したため、もうここにはいない。

それを機に、最初に撮った忠村の動画と盗聴器を処分し、それを忠村にも伝えた。忠村は「律儀ですね」と笑っていたが、普通の関係になるための、けじめのつもりだった。

そして、忠村と二人で働くようになってから四日。

どことなく、ぎくしゃくしていた。

いや、忠村は悪くない。自然に振る舞えていないのは有川の方だった。

彼は秘書で、自分は社長。

それを強く意識してしまい、不必要に完璧《かんぺき》な上司を演じようとしていた。不埒《ふらち》な気持ちなんか抱かないよう、仕事に専念しようとして、どこかぎこちなくなっている。

「どうぞ」

忠村が給湯室から戻ってきて、コーヒーを有川の前に出す。

「ああ……よかったのに。そんな気遣いは必要ないですよ。僕がほしいと思ったら言いますから」

素直にありがとうと言えず、そんな返事をしてしまう。その言葉に、忠村は苦笑混じりに、はい、とだけ答える。

その目がとても優しくて、見ていられずにうつむく。自分でも過敏に遠慮しているとわかる。なのに直せない。

何か言わなくてはと、カップを手に取り、愛想笑いを浮かべた。

「忠村さんが淹《い》れてくれるコーヒーはおいしいですね」

取ってつけたようなタイミングだった。

大体、忠村がコーヒーを淹れるようになってから四日目であり、とうにタイミングは逃している。それでも忠村は笑顔で、「ありがとうございます」と返してきたが、会話はそれで終わった。

ここは絶対、間違いなく、「瓜園さんのコーヒーはすごい味だった」と盛り上がるところなのに、有川はそれすらも言いそびれた。

沈黙が落ちる。それが今までになく重苦しい。

忠村は寂しそうに笑い、「社長」と優しく語りかけてきた。

「ここでしたことは、忘れます」

言われて、え、と思い、その意味を理解して、ずきんと胸が痛んだ。

ここで抱き合ったことを、なかったことにすると言うのか。

「貴方のその凛々《りり》しい社長姿で、あの日のことは上書きします。だから、そんなに気まずそうにしないでください。これからは秘書に徹しますから」

秘書に徹する。

そんなことを有川から望んだつもりはなかったが、忠村がそう理解したのは、それが彼の希望に適《かな》っていたためだと思った。ここでしたことを忘れるというのも、どちらかというと、彼の方が忘れたいからに違いない。

あの行為も、キスも、ただ有川の歓心を買うために、一時的にしたことだから。

「そう……ですね。そうしてくれると、助かります」

思いとは裏腹な言葉が口をついて出て、それに忠村が笑顔で頷くのを見て、また傷つく。

忠村が帰ったあと、有川は席を立ち、忠村の机の前に来た。帰宅時の彼の机の上はいつも綺麗に片付いている。

ぼんやりと、電源の切れた黒いディスプレイを眺める。

そのディスプレイの下に、名刺が一つ立てかけてある。メロンの名刺だ。

最後の出勤の日に、「一勝一敗で、腕相撲で勝ち越せなかったのが心残りです」と言って去っていった彼女を、苦笑とともに思い出す。あんなすごい味がするコーヒーも、もう飲めなくなったのだと思うと、なんだか少し寂しい気もする。

ちょうど彼女が会社に来たあたりから忠村との関係が始まり、恋が終わったところでいなくなったので、なんだかメロンがいた時がとても愛《いと》おしく、懐かしい。

忠村が家の前で出張ホストのふりをして、それを見てメロンがぶちのめして、それから忠村と関係が始まった。思えばメロンは恋のキューピッドみたいだった。片想いで終わってしまったけど。

その時、有川の携帯端末が鳴った。電話をかけてきた相手の名前を見て、思わず「きたか」とつぶやいた。

電話をかけてきたのは、先週の臨時株主総会で新たに選任した、会計参与だった。ケーキバイキング後に堀池の協力が得られたことで、選任が実現した。

「新店建築の工事契約代金ですが、不正に水増しされている可能性があります」

会計参与の説明によると、二年前から拡大路線に伴って増えた新店建築や補修工事の金額が、工事内容に比較して高額である工事が散見されるという。しかも、物件の決定や建築業者選定などの大きな権限が、ある部長一人に集中している。その部長は、荒崎の子飼いだ。

選定した建築業者に工事代金を水増しして請求させ、風華堂が払った水増し分は、建築業者から仲介業者を介して部長か荒崎が受け取る。そんな推測の通りだとしたら、工事を行うたびに荒崎たちに金が入る。

まだ不正かどうかはわからないが、かなりきな臭い。明日、その部長に説明を求めるということになり、有川は電話を切って身震いした。

遂《つい》に、荒崎との争いの根幹にメスが入る。

荒崎が重大な不正を行っているのではないかと思った発端は、荒崎が忠村に嘘をついて盗聴機を仕掛けさせようとしたことだ。

忠村も言っていた通り、当時の忠村ならそんな嘘がなくても、荒崎の権力争いのために尽力したはずだ。なのになぜ、あれだけ忠義な男に嘘をつく必要があったのか。

それが引っかかり、監査役に何か気になることはないかと話を聞き、監査役が荒崎と親しいことに気づいた。それで堀池に、監査役を交代させた方がいいのではと相談したが、いったん保留になった。その時は、監査役と併存できる会計参与を置くという案をまだ思いついていなかった。

そのあとに起こったのが、有川がホモだという噂の流布だ。

あの事件での大きな発見はただ一つ。

荒崎の命令であれば犯罪さえいとわない、腹心中の腹心であるはずの忠村と、子飼いの社員の使い方が違ったことだ。

忠村の人柄を知った今ならわかる。

もし自分が大きな不正に手を染めたとしたら、忠村にだけは知られたくない。それを知れば、忠村はいずれ間違いなく離れていくからだ。

だから荒崎は、有川を社長から降ろすにあたり、『会社のため』などという大義名分をわざわざ語ったのだ。自らの不正を隠蔽《いんぺい》するという、真の目的を忠村から隠すために。

憶測ではあるが、そう睨んで会計参与を投入し、そして読みは当たったようだ。

有川は忠村に惹かれ、その人となりを理解した。それが結果的には、荒崎が不正を行っているという確信につながった。

明日、事は大きく動く。

有川は残業を切り上げ、コートを羽織って会社を出た。

本社ビルは郊外の幹線道路沿いにある。先週まではメロンが車で送迎をしていたが、今は徒歩十分の駅まで歩き、電車で帰宅している。

街灯はあるが、数が少なく薄暗い。自分は男だからいいが、女性が歩くのは避けた方がいいような夜道だ。この時間帯は人通りもほとんどない。

そんな治安面がいつになく気になっていると、後ろから車が来た。やけに速度を落としている。

嫌な予感がした。

車が有川の横で止まった瞬間、有川は走り出していた。

だが相手の方が速かった。車から私服姿の男が三人飛び出し、逃げる有川を捕まえ、声を発する前に有川の口をタオルで縛った。雇われた人間なのか、荒事に慣れている。車に連れ込まれるまで、あっという間だった。

メロンとの契約を延長すべきだったと後悔した。

今まで荒崎が仕掛けてきたことといえば、盗聴機の設置と噂の流布であり、どちらも身の危険はなかったため甘く見ていた。まさかここまでするとは思わなかった。

車内で手足を縛られ、目隠しをされ、身動きの取れない状態で数十分、車で運ばれた。

車が止まり、腕を両側からつかまれた状態で歩かされ、建物内に入ったところでやっと目隠しを外された。

大きな倉庫のような場所だった。明かりはなく、天窓から月明かりが差し込んでいる。木材や鉄パイプが壁際に散らばっており、床には埃《ほこり》が厚く積もっている。どうやら廃工場のようだ。

そこに入り口から男が三人入ってきた。その真ん中に、荒崎がいた。

恰幅《かっぷく》のいい体で高級そうなスーツを着こなし、コートを羽織っている。他の怪しげな男たちとはさすがに身なりは違うが、目は誰よりもぎらぎらしている。こんな男だっただろうかと思うほどだ。

「有川、取引だ。お前が会計参与に探らせている件から手を引け」

やはりその件に関わっていたかと、荒崎を睨みつける。

「確かに金はくすねたが、会社全体から見れば大した額じゃない」

それはそうだろう。会社に打撃を与えるような額ならバレる。しかし荒崎が関与していたとなれば、小遣い程度ではあり得ない。数千万レベルは超えているだろう。

荒崎が権力争いに敗れたあとも、有川を社長から降ろそうとした真の理由。それは横領を隠蔽し、あわよくばそれを続けるためだったのだ。

「あの不正はもうやめさせる。それでいいだろう？　不問にすれば、会社の名前に傷がつくこともない」

有川は吐き捨てるように笑った。

社員たちは言っていたのだ。この会社を、誇りを持って働ける場所にしてくれと。なのにこんな不正を、そしてこんな事件を、なあなあですませるなどできるはずがない。

「それで、従わなければ僕を殺すんですか？　無駄ですよ。僕が消えたら、会計参与も堀池さんも、何かあったと気づくでしょう。横領の事実が発覚するのは時間の問題です」

「殺す？　そうは言ってねぇだろ？」

荒崎が冷笑とともに、周囲の男三人に目配せする。

すると男たちは有川を取り囲み、有川の服に手をかけた。

「なっ……」

コートとスーツを剝《は》ぎ取られ、ネクタイは引き抜かれ、ワイシャツは左右に引っぱられてボタンがすべて弾け飛んだ。ズボンと下着は足から抜かれ、靴下と靴も一緒くたに脱がされる。そんなワイシャツ一枚にされた状態で、埃をかぶった作業台の上に仰向《あおむ》けに乗せられた。

撮影用の照明が用意され、麻縄で両手を作業台の足にくくりつけられる。男の一人はカメラの準備を始め、毒々しい玩具《おもちゃ》がいくつも入った銀色のバットが、無造作に隣の作業台に置かれた。

今から何をされるのか、説明されなくてもわかった。

「お前の弱点はわかってる。ホモだってのを知られたくないんだろ？　つまらん正義感をかざして一生ネットにホモ動画がさらされる人生と、そうじゃない人生、どっちがいい？」

その荒崎の勝ち誇った笑いとともに、凌辱《りょうじょく》は始まった。


しかし、それから三十分後。

焦りを見せ始めたのは、男たちの方だった。

有川は作業台につながれたまま、白けた顔で男たちのまぬけ面を眺めていた。

プレイを始めてから、有川は一度も兆していない。二人の男とカメラマンが有川の相手をしているが、どいつもこいつも芸がないのだ。

有川の後ろにはバイブがずっぷりと埋め込まれている。けれど、それを突っ込んだ時点で、男たちは早くもネタ切れしていた。いくら有川が中性的でも、しょせんは男だ。男の体相手に、殴る蹴《け》るならともかく、性的に何かしたいという想像力が働かないのだろう。

かろうじて有川の前はしごくものの単調で、何分されてもちっとも気持ちよくならない。挿入されたバイブもいいところに当たっていないし、何より男たちの見た目が不潔で、息は臭いし醜男だしで、有川はこれ以上ないほど興醒《きょうざ》めしていた。

「おい、ちったぁ感じたらどうだ。不感症かよ、てめぇ」

ガタイの大きい茶髪の男が忌々しそうに言うが、失笑ものだ。自分たちのテクのなさを棚に上げて、不感症？

はっと笑うと、手でバシンッと頬をはたかれる。だが余計萎《な》えただけだ。有川は基本的にマゾだが、痛いだけでは感じようがない。

この調子なら何時間されても平気だった。こんな動画を公開されても、有川は恥だとは思わない。むしろ顔にも裸体にも自信がある。サイズがわかるのは多少恥ずかしいが、それだって醜いわけではない。

まあ、人によっては、こんな目に遭っている動画を見ただけで眉をひそめ、汚らわしいと忌避する人間もいるだろう。もしかしたら社員全員がそれを見て、社長を辞めざるを得ない状況に追い込まれるかもしれない。

そうなったら、そうなったで、いい。

別に怖くない。

誰がそっぽを向こうと、忠村だけは最後まで味方でいてくれる。それを確信できるだけで、充分だ。

「こいつ、もう一本ぐらい入るんじゃないか？」

茶髪の向かいにいる細身の男が乱暴なことを言い出す。するとその手があったかと、茶髪はにやっと笑って、太いバイブを手に取った。

「じゃあ入れてみるか」

「……っ」

さすがに顔が強《こわ》ばった。それだけ太いなら二本は入らない。しかし有川が焦りであろうと反応を見せたことで、茶髪はいい気になった。

「スプラッタ系でいくか、ああ？」

茶髪が二本目のバイブをねじ込もうとし、有川の顔が痛みに歪《ゆが》む。それでも絶対にみっともない声は上げるまいと思っていた。

——その時だった。

「お楽しみの最中、悪いんだが」

耳に心地よい、染み入るような声。

男たちが一斉に振り返り、有川も頭を起こしてそちらを見た。

この声を間違えるはずもない。そこには忠村が立っていた。会社に着てきた背広のままでコートを羽織っている。

どっと安心感が押し寄せる。

助けにきてくれた。

どうやってここがわかったのかとか、考える前に顔がほころぶ。

だが——現れた忠村は、有川を見ていなかった。

「まずは一発俺にやらせろ。そいつには散々な目に遭ったんだ。やり返さなきゃ気がすまない」

え？

忠村が何を言っているのか、頭に入ってこない。

やらせてやれと背後で荒崎の命令が飛び、男たちはその場を譲り、忠村が有川の正面に来た。ばさっとコートを脱ぎ、隣の作業台に投げる。

荒崎も男たちも、忠村を敵とはみなしていない。いや、仲間として扱っている。その光景がひどく奇妙だった。

「え……どういうこと、ですか……？　だって、叔父とはもう切れてるんじゃ……」

「何を眠たいことを言ってるんですか、貴方は」

忠村の目が冷たい。それは、有川の秘書になったばかりの頃の忠村を彷彿《ほうふつ》とさせる。

「俺が貴方の下でおとなしく秘書をやってたのは、波風立てる必要がなかったからですよ。貴方はずっと勘違いしてたみたいですけどね。俺は切られてなんか、ない」

やっと本来の自分の立ち位置に戻ってこられた。

そんな顔で、忠村は暗い笑みを浮かべた。


有川は呆然と、忠村の顔を見上げていた。

今日、退社するまでは、確かに自分の秘書だったはずの男だ。

信頼していた。荒崎の横領の件も明日話すつもりだった。荒崎の悪事を明るみにすることも、今の彼なら受け入れてくれると思っていた。なのに。

――いや、忠村が自分を裏切るはずなんてない。

有川は気丈にも、動転しそうになるのをなんとか抑え込んだ。

さっきのことにしても、ひどいことをされそうになったところで忠村は割って入ってくれた。きっと荒崎に従うふりをして、助けにきてくれたのだ。有川はそう思い直した。

ならば、自分も忠村の言動に合わせた方がいい。下手に取り乱して忠村にすがるなど、もっての他だ。

有川は忠村を睨むように見返し、お前なんか敵だという顔をしてみせる。忠村はそれを嘲《あざけ》るように唇を笑みの形にかたどった。

「まずはその邪魔な栓をのけますか」

有川の体内に埋め込まれているバイブを、忠村は無造作につかんで引っぱった。

「ん……うぅッ」

決して丁寧とは言えない手つきで、ぐぷりと音を立ててバイブを抜かれ、有川は痛みに顔を歪めた。呑み込むだけで精一杯だった太い栓を抜かれ、そこは閉じきらずにぽっかりと口を開けて痙攣《けいれん》している。バイブが床に投げ捨てられる音がいやに無機質に響いた。

「おい、ヤるならさっさとしろよ」

茶髪がせかすと、忠村は悠然と答えた。

「なんでも突っ込めばいいってもんじゃない。凌辱の映像を撮るにしても、ヤられる方がまったく感じてないんじゃ、辱めにならないだろ？」

まさに事の核心を突くことを忠村は言った。有川が今まで余裕でいられたのは、自分が痴態をさらしていないからだ。もしそれが崩されたら、冷静ではいられなくなる。

なぜそれを、わざわざ明確にするのか。

忠村は薄笑いを浮かべて有川に向き直る。

実験動物か見世物か、そういうものを見る目だった。

……これは芝居だと、有川は動揺しそうになる自分に言い聞かせた。

「いきなり乱暴にされるのは萎えるでしょう。まずは指だけで体をほぐして差し上げますよ」

「指だけ？　そんなので僕をよがらせるテクなんて、あるんですか？」

せせら笑ってみせながらも、小刻みに震えていた。

忠村と敵対するかのような会話をすることで、それが本当に現実になっていくような気がして、怖い。

思い切ってぎゅっと目を閉じた。できれば耳だってふさぎたかった。

忠村を見ていて不安になるぐらいなら、いっそ見ない方がいい。

「……ッ」

ローションが閉じきらない穴に注ぎ足され、忠村の指がつぷりと中に入ってくる。

びくっと、有川は小さく震えた。

先ほどまでその何倍も太いものを呑み込んでいたものの、忠村の指の動きを感じ取り、ずくんと体が疼きを覚えた。

……何期待してるんだ、こんな時に。

忠村は好きでこんなことをしてるわけじゃない。

不安になったり逆に期待したりする自分が嫌で、なおさら強く目をつぶる。

しかし――すぐに目を開ける羽目になった。一人では不可能な愛撫《あいぶ》がほどこされたから。

「えっ……!?」

まぶたを開け、その光景に目を見開く。

指を入れていたのは忠村だったが、左の胸は茶髪、右の胸は細身の男にいじられていた。

「な……っ」

さっきまで胸など触られてもいなかったから、忠村の指示だろう。

忠村だけでしてくれるものと思っていたので、こんな状況で仕方ないにもかかわらず、戸惑いを隠しきれない。

それに、別々の人間に左右の乳首をもてあそばれるなど初めてで、そのリズムの違う刺激に早くも体をもぞもぞと動かしてしまう。乳首をいじられると弱かった。

そんな有川の顔を覗《のぞ》き込み、忠村は嬲《なぶ》るように笑った。

「やっぱり、そこがお好きなんですね」

二人だけの秘密をこんな男たちの前でバラされ、ちくりと傷つく。

忘れると、言ったのに。

「なんだよ、乳首が好きだったのか。女みてぇな野郎だな」

茶髪がにんまり笑って胸の尖りをきつくひねる。すると体がびくっと反応し、有川の小振りなものがわずかに頭をもたげた。それを見て、細身の男も指の腹で乳首の先端を執拗になぞり、有川を悶《もだ》えさせる。さっきまで有川を扱いかねていた男たちが、忠村の入れ知恵で、にわかに色めき立っていた。

「あ……くっ……このっ……やめ……っ」

二人の男に片方ずつ乳首をひねられ思わず暴れようとするが、手は縄で作業台に縛られたままだし、足は茶髪に左足、細身の男に右足をつかまれており、びくともしない。

「誰の指で一番感じているんです？　言ってみてくださいよ」

忠村がそう言うと、二人はこぞって乳首をこねくり回し、有川はまた反応させられる。

明らかに忠村の言葉は、男たちを煽り、けしかけていた。

どうして？　なんのために？

そんな疑念が、弱った心にするりと忍び込む。

忠村に乗せられ、二人が競うように指を蠢《うごめ》かせて有川を嬲り、いじくり、責め立てる。

こんなやつらに……いいようにされたくない……っ。

感じるもんかと歯を食い縛るが、有川のものは着実に育っていき、その様子をカメラが無慈悲に撮り続ける。

ここまでされなければいけないのだろうか。本当に忠村は、まだ自分の味方なのか？

「なんで、こんな……っ」

この状況で答えられるはずもないのだが、思わず忠村に訴える。確かに味方だと確信できる何かがほしくて。

だが――それに対して忠村は、すっと真顔になった。

「貴方にはわからないでしょう。なんの希望もない地獄から俺を救ってくれたのは、荒崎さんなんだ」

演技とは思えない真実味に、息が止まりそうになる。

この真摯《しんし》な声の響きを聞いて、忠村の荒崎への忠誠を疑う人間は誰一人いないだろう。

これは秘書の職業柄なのだろうか。こんな状況においてさえ、忠村は有川のつぶやきから正確に疑問を読み取り、真正面から答えを返してきた。

(嘘、だろ……?)

そこまで察しているのなら、何か味方であるというヒントをくれればいいのに、真逆の反応を返してきた忠村が怖すぎる。

本当に、本当にこれ、芝居なのか……?

戸惑いが強くなる有川をさらに不安にさせるように、忠村が再び笑みを浮かべる。

「さっきからずいぶん乳首で感じていらっしゃるようですね」

そろそろ新しい反応がほしいとばかりに、中に入れている指で触れるポイントをずらす。

「俺の指では感じてくれないんですか？　つれない人だ」

「……ひあっ！」

いいところに当たり、有川の体がびくんと跳ねる。

「ここですよね」

同じ場所を何度もつつかれ、有川は声を嚙《か》み殺しながらもびくびくと体を震わせた。まるでさっきまで、あえてそこに触れないでいたかのようだ。この見世物を盛り上げるために。

「これで俺の指でも感じてくれますね」

「ひっ……や……そこ……だめ……っ」

有川は背中を反らせて悶え、硬く育ったそれをふるふると震わせる。忠村は有川の弱い部分を執拗に責め立てた。

目が合うと、いつの間にか忠村は熱に浮かされたような顔になっていた。

忠村はこの行為を、楽しんでいる。

それが意味するところを、とうとう認めざるを得なかった。

――忠村さんは、助けにきたんじゃ、ないんだ。

揺さぶられていた感情が、急に糸が切れたように、フラットになる。

ああ、そうなんだと思った。

全部、嘘だったのか。

作業台に縛られていながら、有川の意識はふっと、忠村と過ごした日々に飛んでいた。

実直な仕事ぶりは、有川を信用させるため。運転の時のやり取りも、こちらを油断させるためだったのか。

そのあと、そのあとは?

オフィスでプレイをして、あわよくば弱みを握るつもりだった? もしくは、より親しくなることで、有川が証拠品である動画や盗聴器を処分するよう仕向けたのか。

それとも……全部、本当だったけれど、荒崎の命令一つで、すべてが無に帰したのか。

あり得る。

あり得ることを、自分は知っている。

心が通い合ったと思っても、そんなことは一時の幻想に過ぎない。

はっと、ため息のような笑いがもれた。

やはり自分は、恋愛なんかにうつつを抜かしてはいけなかったのだ。

そんなことまで、あの大学の時と同じ。好きな人に、手ひどく裏切られることまで同じなんて。

「おい、そろそろヤれよ。お前のそこもヤりたそうじゃねぇか」

茶髪に促され、忠村はいったん指を抜き、自身のファスナーを下ろした。

そこからは、しごいて硬くする必要もないほど完勃ちしたものが現れ、有川は目を瞠る。

だが。

「――いやだ、忠村さんだけは嫌だッ！」

声を限りにそう叫んでいた。わずかに忠村が戸惑いを見せる。

「あぁ？　てめぇの好みなんざ聞いてねぇんだよ」

すかさず茶髪が有川の髪を引っつかんでくる。

「よせ、今は俺の番だ」

制止の言葉に、茶髪は舌打ちして手を離すが、有川は忠村を睨むのをやめなかった。

忠村に抱かれたら、自分は期待してしまう。

忠村も自分を好きなんじゃないかとか、本当は助けてくれるのではないかとか、そんなありもしない虚しい期待に身を焦がすのだけは、ごめんだった。

これ以上、みじめな姿をさらしたくない。気持ちまでかき乱されたくない。

有川は自分に言い聞かせるように叫んでいた。

「そんな下卑た欲で、僕に触れるな!!」

その剣幕《けんまく》に一瞬沈黙が落ち、すぐに男たちは呆《あき》れと哀《あわ》れみの目を向けた。

「聞いたかオイ？　下卑た欲、だってよ」

「何、この期《ご》に及んで、まだご立派な社長気取りってこと？」

「あー、こいつ駄目だわ。マジ泣かせねぇと」

有川はいっぱいいっぱいで、そんな揶揄《やゆ》など認識もしていなかったが、忠村は苦い顔をした。男たちは失笑しながらも、このお高くとまった贄《にえ》がどう屈服していくのか見物だ、という顔になっている。

「……本当に、ご自分の立場がわかっていない人ですね、あんたは」

その言葉は、どこか温かく聞こえたような気がしたが——しょせん気のせいだった。忠村は有川の顎《あご》に指をかけて上向かせると、傲慢《ごうまん》に言い放つ。

「まあ確かに、そのお綺麗な顔が、涙に歪む様は一興でしょうね」

そう言うと、忠村は有川の根元をつかんでぎゅっと握った。

「……ッ!?」

愛撫ではない。強く握られすぎていて、これでは刺激するというよりは、快感を堰《せ》き止めることになる。忠村はいたぶるように笑った。

「これからイきたいなら、お願いをしてからにしてもらいましょうか。そうですね、こんなふうに」

忠村が卑猥な『お願い』の言葉を口にする。それを聞き、有川は目を見開いた。

「そ……そんなこと、言えるわけない……っ」

「そうですか。ではずっとこのまま握っておきます。——どこまで耐えられますかね?」

忠村は再び指を中に入れ、有川の弱いところを責め立てた。

「あ、うご、動かさない……でッ」

ぐちゅぐちゅと音を立てて抜き差しされ、あまりの快感に腰が揺れる。

忠村が目配せすると、男二人も嬉々《きき》として再び乳首をひねり、有川に甘い罰を与える。

先ほどの有川の発言で嗜虐《しぎゃく》心を増した茶髪は、すでにぷっくりと果実のように熟れた乳首に、爪《つめ》を立てた。

「ぁぁぁあああああッ!?」

鋭い痛みが与えられ、なのにそれが快感に変換されて、びりびりと体を駆け抜ける。

有川は今にも弾けんばかりに張り詰めていたが、これ以上感じさせられても出せないなら苦しいだけで、出口のない快楽地獄に身悶えた。

「ぅぁ……あ……ああ……ッ」

涙がじわりとにじみ、目が潤みそうになる。それでも、忠村の思い通りに泣いたりするものかと必死に耐えていた。それが最後の意地だった。

だが、忠村はそれすらも踏みにじるように、茶髪と細身の男に、有川の足を折り曲げさせ、左右に大きく広げさせた。そして有川の物欲しげにひくつくそこに自身を押しつける。

有川は激しく首を横に振った。

「嫌だ、くるなっ」

「拒む権利なんてありませんよ。今の貴方は、公衆便所なんですから」

そう蔑《さげす》みの言葉を吐き、忠村は自身を突き入れた。

「ひっ……あ……ぁぁああああッ」

そこは愛撫ですっかりほぐれていて、忠村をなんの苦もなくずぶずぶと呑み込んでいく。忠村が、自分の中に。

その硬い怒張に貫かれ、有川の体は悦《よろこ》びに打ち震えた。

夢のような、責め苦だった。

たとえ場の雰囲気に呑まれているだけであっても、好きな人に与えられる熱い欲望に、体も心もなすすべもなくほだされていく。

「おいおい、こいつ喜んでるぞ」

「凌辱されてる自覚あんのかぁ？」

男たちの野次が飛ぶ一方、忠村は有川の反応を食い入るように見つめていた。

こんな浅ましい姿を見られたくなんかないのに、忠村が突き上げると有川の口からは甘い吐息がもれ、その華奢《きゃしゃ》な体は明らかに火照っていく。

「……これはこれは、ずいぶんな悦びようですね」

侮蔑《ぶべつ》、なのだろうか。本人でさえその感情が何かを自覚していないような、苛立《いらだ》った視線が向けられる。

「突っ込まれれば誰でもいい、というわけですか」

「なっ……」

他の男たちとは何か意味合いの違うものが混じった揶揄に、有川は傷ついた。

「ち、違う、誰でもじゃな……っ」

はっと、忠村の乾いた笑いが降ってくる。

「嫌だと拒絶した男に突っ込まれてこれでは、まったく説得力がありませんよ」

その言葉に、絶句した。

それは……違う……!!

好きだったけど裏切られて、でもすぐに切り替えなんてできるわけもなく、まだ全然好きで、諦《あきら》めきれなくて。

そんなぐだぐだな気持ちを抱かせておいて、当の本人はそれに気づいてもいない。

そのあまりの悲しさに、遂に涙が込み上げた。

荒崎に撮られた映像で脅されても、屈服するつもりなどなかった。映像の流出と引き換えにしてでも不正を暴くつもりだった。忠村がいてくれるなら、たった一人でも味方がいてくれるなら、何も怖くなんかなかった。

なのに。

「敵に犯されても感じるなんて、大した淫乱《いんらん》ですよ、貴方は」

そんな蔑みの言葉が最後の一押しになり、危うい状態だった有川の心は崩れ始めた。

押しとどめていた涙が、堰《せき》を切ったように頬を流れ落ちる。

もう、何もかも、どうでもよかった。抗ったって、意味がない。

「……ぼくは……うすぎたない……公衆便所です……」

敗北を宣言するように、その卑猥な言葉を口にしていた。

社長としてのプライドも、ずたずたに引き裂かれていく。

もうなんの気力も残っていなかった。荒崎と戦う気概さえない。このまま脅されれば、従ってしまうだろう。

本当は有川には、社長であり続ける確固たる理由がなかった。ケーキは好きだし、祖父の遺志を継ぎたいという気持ちはある。だが、それだけでは足りなかった。

忠村がいたから。

一緒に歩める人を見つけたから。

見失っていた光を、手に入れたとさえ思っていた。それこそが誤算だった。

「……どうか……みなさん……ご自由に……つかってください……っ」

か細い声で『お願い』を最後まで言い、根元の戒めから解放される。

有川は体を仰《の》け反らせて盛大に達し、自身の白濁を体に浴びた。その瞬間をカメラが映像に収めるのを、どこか他人事《ひとごと》のように感じていた。

涙で視界がぼやける中、かつての自分の秘書を見た。

最後の最後でとどめを刺したのは、叔父じゃない。

忠村さん、貴方だ。

完全に有川を屈服させた忠村は、これ以上ないほど苦い思いを味わっていた。有川は急に生気を失い、人形のように表情がとぼしい顔で涙を流している。

なぜ俺は、この人を泣かせているのだろう。

こんなやつらの見世物にするために、自分はこの人から強がりさえも奪って辱め、ずたずたにしている。

二時間前、帰宅途中で思い直し、有川に電話した。いくらぎこちないといっても、あの場面では絶対メロンのコーヒーの話題が出るはずだったと思うとたまらず、衝動的に食事に誘おうとしたのだ。しかし電話はつながらず、会社に問い合わせたらすでに退社しており、車で有川のマンションに行くと郵便受けに郵便物が入っていた。つまり有川はまだ帰宅していない。退社時間と電車の時間を考えるとおかしかった。

それで危機感を抱き、味方のふりをして荒崎に電話をかけた。忠村が変わらぬ忠誠を声に乗せると荒崎は信用し、お前もこっちに来いと廃工場を指定してきた。

有川を拉致《らち》したのだと、ほぼ察しがついた。その時点で堀池と、駄目元であともう一人に電話した。どちらも留守電になっていたため、状況説明と廃工場の場所を伝言に残した。警察を呼んだ方がいいのかとも思ったが、有川がそこにいるかどうかもわからない状況では、そこまでの判断はつかなかった。

そして廃工場に着いて、荒崎からすべてを聞いた。中では有川が凌辱されていて、荒崎にお前も加われと言われた。

ここには荒崎が雇った手下が複数いる。悔しいが一人で倒せる人数ではなく、命令に従うしかなかった。そして、せめてひどいプレイから有川を守るために、凌辱の主導権を握り、それを維持するために男たちを退屈させないよう仕向けた。だが、その結果がこれだ。

ここまでしないと有川を守れないのか。いや、これで本当に守っているのか？

もういいだろ、もうやめてくれと思うのに、まだ応援は来ない。

ちらっと腕時計を見ると、堀池に電話してからもう一時間が過ぎていた。まだか。堀池はまだなのか。

「なんだ、嬉し泣きかよ？」

茶髪がぎり、と乳首をつねると有川の体が跳ね、ぐっと忠村を締めつけてくる。「今締まっただろ？」と茶髪が聞いてくるが、それが癪《しゃく》に障った。他のやつらが有川の体に汚らわしく触るのがむかつき、二人の男に手を離させる。代わりに有川の片手の縄を解き、有川自身に乳首をいじらせた。

男たちが嘲笑を浴びせる中、有川の痴態はカメラに撮られ続ける。有川にはもう抵抗する気力はなく、忠村の言いなりだった。のろのろと指を動かし、自らの乳首をいじっている。

その痛々しい姿に胸が詰まる一方、忠村は劣情をたぎらせてもいた。

「……そんなぬるい刺激じゃ、貴方は足りないでしょう？」

もう片方の乳首を懲罰でも与えるように容赦なく引っぱると、あッ、と声が上がり、有川の体はまたびくんと跳ねた。

こんなひどいことをしているのに、忠村のそこはもう限界まで昂っていた。有川の雄の印が目の前で再び頭をもたげ、透明な蜜《みつ》をこぼしているのを見ても、萎えるどころか、さらに血をたぎらせている自分がいる。

あの有川が、誰でもいいとはいえ、自分に突っ込まれて感じているかと思うと、もはや欲望としか言いようのないものが込み上げていた。

「あ……ひぁ……っ」

有川の中でまだ達しないそれは、ますますかさを増し、存在を主張する。

もっと早く、こうしていればよかったのかと、ふと思った。

いつの間にか、有川をかわいいと思っていた。性の対象として意識したのは、ホストをまた使いたいと有川が言い出したあたりからだ。

　前科がバレ、それでも忠村への態度を変えなかった有川を見て、たとえ会社に解雇されても、有川とのつながりを確保したいと痛切に願った。そんな時に、自分の手に欲情した有川を見て、突発的にホストの代わりを申し出た。有川の反応は予想外にそそるもので、吸い寄せられるようにのめり込んだ。有川の方もまんざらではないように見え、愛しさは一気に募った。

　けれど有川は結局、恋人というものを求めていなかった。体のつながりはもういいと言われ、秘書の関係だけを望まれれば、身を引くしかなかった。

　有川のことは死守するつもりでいる。だが二人とも無事にこの場を切り抜けられるかどうかはわからない。こんな嘘しか言えない状況で、永遠に終わるかもしれないのだ。

　それぐらいなら。

　有川に拒まれても、自分のものにしてしまえばよかった。一度でも。

「くそ、暑ぃんだよ……っ」

　忠村は背広の袖で額の汗を拭くふりをしながら、にじみそうになる涙をぬぐった。

　感情を押し殺し、冷静さを必死でかき集めて再び有川を見下ろすと、有川は涙を浮かべたまま口を引き結んで忠村を見ていた。周りの男たちからは、せいぜい泣くのをこらえているようにしか見えなかっただろう。

しかし、さす……と腕に何かが触れる感覚があり、目を瞠った。

忠村の腕に、有川の解放した手が届いていて、細い指が腕をかすかになでている。

あ……。

途端、押し殺した感情とはまた違うものが胸に込み上げ、喉《のど》がツンと痛くなる。せっかく涙をぬぐったのに、また涙腺《るいせん》が緩みそうになる。

——気づいて、くれた。

その名状しがたい気持ちが湧き上がるのを抑えきれず、忠村は有川を奥深くまで貫いた。

「ん……あぁ……ッ」

有川も声をもらすが、さっきまでと違って自然な情欲がこもっていることに忠村だけは気づいた。その艶《なまめ》かしい声にどきりとする。

まだ泣いてはいるが、有川の目には熱がこもり切なげにこちらを見つめてくる。その視線にどくっと血が沸き立ち、忠村も昂りを増す。

駄目だ、そんな目で見ないでください。

有川の中で劣情がぎちぎちに張り詰め、もう一段階大きくなる。

「……ぁっ……そんな……っ」

それを有川も感じ取り、びくりと体を震わせる。有川の小振りなものが硬さを増し、いじらしく育っていく。

「……ここをもうこんなにして、さっき出したばかりじゃないですか」

口では有川を貶《おとし》め続けながらもそれに触れ、ぬめった先っぽを指の腹でなでる。有川は恥じらうように顔を赤らめた。

「……そ、れは……」

さっきまでと全然反応が違う。なんだそのかわいさはと、忠村は大いに狼狽《ろうばい》した。そんなに反応が違えば、不審に思われてしまうではないか。というか、そんなかわいいところをこんなやつらに見せていいわけがない。

忠村は再び鬼畜《きちく》に徹しようと、先端の小さな穴を爪の先でくじいた。

「あぁぁぁぁぁぁッッ⁉」

びくん、と有川の体が跳ね、また新たな涙が散る。だがその顔は快楽に緩み、危機感というものが消えている。忠村が味方だとわかり、よほど安心したのだろう。

そこはかとなく無防備になり、潤んだ目は忠村を甘く求めているようにさえ見える。

いや、その顔は駄目です、全然嫌そうにしてません、バレますと、忠村は焦りまくり、必死に冷たい表情を作って有川を見下ろした。

「ハッ……こんな状況で、ずいぶんと気持ちよさそうにしますね。ホスト遊びを自粛して、そんなに男がほしかったんですか？」

途端、腕に小さな痛みが走った。有川が爪で引っかいたのだ。

「……ッ」

なんですかと有川を見ると、すねたような目で睨みつけてきた。

その視線の意味を、忠村は数秒かかって理解した。

もしかして、こんなに感じてくれているのは、俺、だから——？

いやだって、さっき俺だけは嫌だと叫ばれたのに。でもこの顔は、そういう……？

そんなことに気づいてしまっては、もう駄目だった。

有川の尻《しり》をつかみ、自分の方へ引き寄せる。そして一段と強く有川を突き上げた。

「ぁあ……ッッ!!」

奥まで突き入れられてあえぐ有川が、かわいくて仕方なかった。有川の体は正直すぎる。心なしか有川もさっきよりきつくきゅうっと締めつけてきて、忠村を困らせる。早く終わってはいけないのに追い詰められ、どうしようもなくなる。

「く……あ……ッ」

とうとう声をもらしてイッてしまい、有川も同時に二度目の絶頂を迎えていた。

「おい、イッたなら次代われよ」

余韻も何もなく茶髪がせき立てる。有川と忠村の行為を見て触発されたのか、興奮に鼻息を荒くし、目をぎらぎらさせている。他の二人の男たちも同様だった。

これ以上長引かせるのは無理だと、判断せざるを得なかった。

「ああわかった。そうせかすな」

忠村はズボンの乱れを直して、その場を茶髪に譲った。

茶髪は興奮のあまりよだれを垂らしながら有川の体に覆い被《かぶ》さり、有川がひっと息を鳴らすが、断腸の思いで無視する。ここで自分一人が暴れたって勝てない。応援を待って確実に助ける。それが有川のためなのだ。

忠村は有川に背を向けて荒崎の方に戻ろうとしたが、「や……」という有川の声が耳に入って立ち止まった。見るまいと思っていたのについ見てしまうと、茶髪がたぎった赤黒いものを取り出して、有川の奥まった場所に突きつけていた。

悔しげな目をした有川と目が合う。

けれど、有川は声を出さずに唇だけを動かした。だいじょうぶ、と。

――っ。

「おい、あんた」

気づいた時には、忠村はそう口走っていた。なんだ、と茶髪が鬱陶《うっとう》しそうにこちらを向いた瞬間、男の顎を下から思いきり殴っていた。

男は下半身モロ出しの格好で昏倒《こんとう》した。一撃だった。

「――気安く触ってんじゃねぇよ」

昔のような声が出た。

普段、オブラートにくるんでくるんで、温和に装ってあるのをすべて引っぺがした、剝《む》き出しの自分がいた。

ああ馬鹿だな、と自分で思う。

ここで反旗を翻す必要なんてなかった。有川の命が危なかったわけでもない。むしろ、上司を守るためにも耐えるべきところだった。

だが、後悔も迷いもない。

数年ぶりに人を殴った感触が、いい意味で本能を奮い立たせる。更正の過程で凶暴性とともに押し込めていた生の感情が、封印を押し破るように湧き上がる。

その人は、もうただの上司ではない。いや、思えば最初から上司ではなかった。尊敬していたというよりは、放っておけなかった。手元に置いてもらいたいというよりは、手を差し伸べてやりたかった。

前科を背負って枯れたこの自分に、唯一、そんな人を愛おしむ感情を呼び起こさせてくれた。これ以上の奇跡があるだろうか。

今まで秘書に徹しすぎた。それが何よりも間違いだった。

上司である前に、その人は――。

忠村は体勢を立て直し、会心の笑みを浮かべる。

――その人は、俺のハリネズミだ。

有川は目の前で繰り広げられる光景に、ただ圧倒されていた。

忠村の後ろにいた細身の男が、近くにあった鉄パイプを拾い、振り下ろしてくる。

それを忠村は頭を下げてよけ、後ろ蹴りを腹に見舞う。だが腹を押さえる男にとどめを刺す前に、カメラを撮っていた男がナイフで斬《き》りつけてきた。

それを間一髪でよけながら、忠村は背広を脱ぎ、背広でナイフごと腕を絡め取って金的を食らわせる。男が絶句して倒れたところで、再び細身の男が鉄パイプを振り上げてくるので、その腕を両手でつかんで仰向けに倒し、顔を殴って鼻血を噴かせ、さらに股間を踏みつけて沈黙させた。

「この……っ」

有川は縛られていたもう片方の手の縄を解き、ボタンのなくなったワイシャツ一枚で床に下り立った。

最初の男を一撃で沈め、残り二人も瞬く間に倒した忠村の背中を、信じられない気持ちで見守る。

前科は殺人未遂と、確かに書かれていた。

でもそれは突発的なケンカだったのだと、偶発的な事故だったのだと、どこか過小評価していた。現在の忠村からは、そんな凶暴さがまったく見えなかったからだ。

けれど、この慣れた動きを見て、そうじゃないことを悟る。

人を殴ることに、蹴ることに、なんの躊躇もない。そもそも一人で複数を相手にできる時点で普通じゃない。忠村は何度も何度も、こんな争いに身を投じていたのだ。

そんな闇《やみ》の中に、かつての忠村はいた。

忠村が荒崎に惹かれた理由が、実感を伴って理解できる。彼にとって、こういう世界も容認する荒崎は、どこか馴染みやすい存在だったに違いない。

だけど彼はそれでも、荒崎よりも自分を選んでくれた。その重さを、信頼を、有川は噛み締める。自分はその忠村の気持ちに、応《こた》えられているだろうか。

「忠村、てめぇ……」

荒崎は手下三人を倒され、苦々しげにつぶやく。だが焦りはない。見ると、工場の入り口からさらに三人の男が入ってきた。どうやら工場の外に見張りを待機させていたらしく、どの男も手に手に鉄パイプを持っている。

一方、忠村はぜぇぜぇと息が上がっていた。

体力を消耗しているので力比べをしたら負ける。あと三人なんて、無理だ。

それでも忠村は鉄パイプを拾い、こちらを振り返った。

「社長、逃げてください。後ろの窓から逃げられます」

見ると、入り口とは反対方向に、ガラスのなくなった窓があった。

「忠村さんは……？」

「俺はあとで行きます」

ここにいても足手まといだ。忠村の言う通りにするのがベストだろう。そうわかっていても、情けない自分に唇を噛む。

「いいんですよ。何せ俺は雑用のエキスパートですから」

部下の立場を取りつつも、任せておけと笑う。

そんなところは、有川がよく知っている普段の忠村のままで、泣きたくなる。

有川はぐすっと鼻を鳴らし、走り出す。背後で忠村の雄叫《おたけ》びが上がった。

工場の中は薄暗く、裸足なので、全力では走れない。床に散らばった雑多なもので足を切らないようにしながら窓に近づく。しかし窓にはまだガラスが残っていて、それを除くために、近くの椅子をガラスに叩きつけた。

その時、ぎゃあああっと叫び声が上がり、思わずそちらを振り返った。

男が一人、すねを押さえて床を転がり回っている。その横で別の男の鉄パイプをかわし、忠村が回し蹴りを鳩尾《みぞおち》に食らわせた。狙い過たず急所に入り、相手はうめきながらうずくまる。すかさず忠村は体勢を整え、三人目と対峙《たいじ》した。

あっという間に二人を倒し、残る三人目は忠村の勢いに圧倒され、及び腰だ。

そんな忠村の身のこなしに、目を奪われたのがいけなかった。

「……なっ⁉」

いつの間に忍び寄ったのか、背後から体を片腕で抱え込まれる。抵抗しようとしたが、次の瞬間、恐怖で体が硬直した。

喉元に、ナイフの鋭い切っ先が突きつけられていた。

有川が喉をそらしておとなしくなると、背後の男は笑うように息をした。

「動くな、忠村！」

その声で、背後の男が荒崎だとわかった。

振り返った忠村は、囚《とら》われた有川を見て凍りつき……それを見逃すはずもなく、対峙していた男が鉄パイプを振り下ろした。

「忠村さん！」

鉄パイプで思いっきり頭を殴打され、忠村は床に倒れた。

「ああ、ああ、あぁぁぁあっ‼」

床に赤い色が見える。血が、頭から流れ出している。

もう忠村に駆け寄ることしか頭になかった。有川は暴れ、荒崎の腕を振り払う。ナイフがかすり、喉に一筋、血の線が走った。

「このガキァッ」

すぐに荒崎が追ってくる。それでも有川の意識は前方の忠村だけに向けられていた。かろうじて起き上がろうとしている忠村の前で、男がにやにやと笑い、ゆっくりと鉄パイプを振り上げる。

あんなに血が出てるのに、もう一度殴られたら死ぬかもしれない。

なのに間に合わない。まだ距離がありすぎる。

「ぐぁぁっ!!」

耳障りな叫びが、廃工場に響き渡った。

だがそれは、有川が見ている前方ではなく、後方から発せられた。

え?

振り返ると、荒崎はナイフを取り落とし、車に潰されたカエルのような顔をして、股間を押さえながら前のめりに倒れ込んだ。

その背後から黒いスーツに身を包んだ影が飛び出し、有川の横を駆け抜けて弾丸のように突進していく。顔は見えなかったが、あのはち切れんばかりの豊満な胸は間違いない、メロンである。

どうやら、有川が壊した窓から侵入してきたようだ。音もなく。

「な、なんだお前!?」

男が荒崎とメロンに気を取られている隙に、忠村は床を転がって男と距離を取っていた。

男が鉄パイプを振り回すが、メロンは身軽にかわして腹に一発叩き込み、男の体勢が崩れたところで金的を食らわせ戦闘不能に陥らせた。——強い。

メロンの登場に唖然《あぜん》とし、有川はその場に座り込んでいた。

忠村は立ち上がり、メロンはまだ敵意のある男たちに片っ端から追い打ちをかけていく。

終わった、という安堵感が押し寄せていた。

「まだだ……」

低いうめきのような声が背後からして、ぎょっとする。

荒崎が起き上がり、取り落としたナイフを拾っていた。

有川は逃げようとするが、足が立たないことに気づく。完全に腰が抜けている。

目を血走らせ、やけになった荒崎が近づいてくる。有川の方は、足どころか全身に力が入らない。

刺される……！

そう思った瞬間、荒崎の横っ面に拳《こぶし》がめり込んでいた。荒崎の体は吹っ飛び、カランと高い音を響かせてナイフが床を転がっていく。

頭から血を流す忠村が、そこにいた。

「テメ、ちくしょっ」

憤怒《ふんぬ》の形相の荒崎が、床で身をよじりながら、なおも起き上がろうとしている。だが、顔を上げて忠村を見た途端。

「……なんだ、お前は」

拍子抜けしたように、言う。

「殴るか泣くか、どっちかにしろ」

見ると、忠村の頰には涙が伝っていた。

荒崎を殴ったのだから、もう決別の意は決しているだろう。それでも、彼はこんな結末だけは望んでいなかったに違いない。彼にとっては、この一連の権力争いさえ起こらなければ、今も荒崎こそが光だったのだから。

怒りに歪んでいた荒崎の顔からは力が抜け、ばつが悪そうに目をそらす。すでに勝負はついていた。荒崎は立ち上がるのを諦めたように両手を後ろについて座り込み、はっと息を吐いた。

「お前はまともになりすぎた。もう俺とは合わん」

それが別れの言葉であり、せめてもの手向けだと、有川にもわかった。忠村は涙をこらえるように鼻をすすり、その言葉に頷いた。

――それで限界がきたかのように、忠村の体がぐらついた。

「忠村さんっ？」

倒れ込んできた体をとっさに支え、床に横たえる。忠村は急激に顔色が悪くなっていた。

「大丈夫ですかっ」

その時、パトカーのサイレンが、けたたましく鳴り響くのが聞こえてきた。

「堀池専務……」

忠村が弱々しい声でつぶやく。堀池が警察を呼んだのだろうか。それはありがたいが、それより忠村の状態が心配だ。

そこに、男たち全員から戦意を奪ってメロンが戻ってきた。

「瓜園さん、忠村さんが……っ」

「カメラだっ」

忠村が声を張り上げ、メロンの方に顔を向ける。

「作業台の下に転がってるやつ、ハードディスク、壊せ」

言われて動画の存在を思い出す。確かに、重要証拠だとはわかっているが、警察であってもあの映像は見られたくない。でも。

「瓜園さん、そんなのはいいです。先に忠村さんの手当てを……」

「カメラが先だっ」

メロンは床に横たわった忠村をじっと見下ろしたあと、踵を返し、作業台に向かった。

なんで、と思うのに、忠村はそれでいいという顔をする。なんでですか。なんで。

何をしていいかもうわからないが、とにかく止血をしようと、血が出ている部位を探す。

その間にも、忠村の意識がだんだん低下していくのがわかる。

「……これ、血だな……」

頭を触って手についた自分の血を見て、忠村が今さらのようにつぶやいている。

ぼろぼろと涙がこぼれた。

それを見て、彼が弱々しく手を伸ばしてきて、その手をつなぎ止めるように握り締めた。

「すみません……最後の最後で、不甲斐《ふがい》なくて……」

何を謝っているのか。

とめどなく涙があふれてきて、何度も首を横に振った。

「忠村さん、すごく、かっこよかったです……っ」

血がどくどくと頭から流れ出ているこの状況で、そんなことなどどうでもいいだろうに、
忠村は満足そうに笑った。

カメラを完膚なきまでに破壊する音が聞こえてくる中、忠村の握り返す手の力が徐々に弱くなっていく。

「忠村さん、忠村さん!!」

必死に呼びかけるが、忠村のまぶたはゆっくりと閉じ、有川の腕の中で眠るように意識を失った。

十二月は、日の入りが早い。

まだ定時から少し過ぎたぐらいの時間であるが、廊下の窓の外はすでに暗く、忠村が慌ただしく社長室に戻った時には、そこはもぬけの殻だった。

「……やられた」

部屋の奥にある、木製の重厚な両袖机に人の姿がないことに、忠村は肩を落とした。

今日は金曜で、あの廃工場の事件から一週間が経っていた。

あの事件から忠村は一日だけ入院し、警察の事情聴取を受け、そのあとは頭のたんこぶの痛みがひどかったため自宅で療養した。その間に、拉致暴行で逮捕されていた荒崎は業務上横領でも逮捕され、有川は事情聴取や対外的な対応に追われて大変だったようだ。実は有川のサポートをするために出勤すると申し出たのだが、有川に強制的に休まされていたところがある。

こうして騒ぎが収束に向かい始め、荒崎派が完全に失脚したことで、有川を脅かす存在はいなくなった。また、不正をしていた荒崎に立ち向かったということで、有川の社内のイメージアップにもつながり、ホモ噂によるマイナスはすっかり挽回《ばんかい》できた形となった。

そういう社長としての足固めはうまくいったが、有川と忠村の関係はまったくもって、うまくいっていなかった。

病院で目を覚ました時はよかった。

有川が手を握って優しく笑いかけてくれていて、涙が出そうなほど嬉しかった。それで、まずはひどいことをしたのを詫《わ》びようと、「あの時は本当にすみませんでした」と謝ったら、なぜか途端に有川の態度は硬化した。

それ以後、自宅療養中に見舞いにきてくれたのは堀池だけ。「君のことを見直した」とは言ってくれたが、弱っている時に一番会いたくないオッサンである。

こんなのと二人きりにするなんて有川はつれないと恨みつつ、今日ようやく出勤したら、有川は目も合わせてくれず、ものすごくハリネズミな状態だった。ここに至って忠村は自分が嫌われた可能性に思い当たり、あとはひたすら自己嫌悪に陥った。

時間稼ぎで男たちをあざむくためとはいえ、あれはやりすぎじゃなかったか？

しかもあんな暴力沙汰《ざた》を見せておいて、今まで通りに接しろって厳しくないか？

というかよくよく考えると、了承も得ずに中出ししたのは万死に値するような気がしてきて、忠村はどん底まで落ち込んだ。

そういうわけで、誠心誠意謝ろうと機会をうかがっていたものの、ちょっと目を離した隙に逃げられてしまった。だから今、仕事を終え、車で有川のマンションに向かっている。

電話はしてない。電話をしたら逃げられそうだからだ。

突然行ったら不躾《ぶしつけ》だろうか。そうかもしれない。

そして一番問題なのが、家に行ってもドアを開けてもらえない気がすることだ。

さっきからうまい口実を必死に考えているのだが、思いつかないままマンションに着いてしまった。

仕方なく駐車場に車を止めて外に出ると、別の車が駐車場に入ってくる。その車からは、背広にジャケットを羽織ったスカした男が降りてきた。

なんとなく住民という雰囲気がなく、背広というのが引っかかって顔を注視すると、あのタクヤが所属していた出張ホストの店で見た顔だ。それに気づくなり、「あー、すみません」と忠村は声をかけた。

「ギャラクシーの方ですね。有川は急な出勤で、キャンセルしたいとのことです」

男はじろじろと忠村を見て、胡散《うさん》臭そうな顔をした。

「あんた誰?」

「有川の秘書です」

「ていうか、さっき部屋の電気ついてたような……」

「気のせいでしょう」

「いやそんなことな……」

「ご足労をおかけして大変申し訳ありませんでした。気をつけてお帰りくださいませ」

上品な秘書の顔に、チンピラ時代の凄絶《せいぜつ》さを加味した微笑みを浮かべると、相手はたじたじとなり、逃げるように車に飛び乗った。走り去る車を見てふんと鼻息を荒くするが、ふと我に返った。

俺が追い返してよかったのか？　しかも、当然のように。

そう思って……覚悟を決めた。今から、その当然の権利をもらいにいくのだ。

忠村は前とは違った緊張感をもって階段を上がり、有川の部屋の前に立ってコートを脱いだ。

ふと、もう一度、最初からやり直そうと思った。

インターホンを鳴らして名乗る。

「こんばんは、ギャラクシーです」

すると「はーい」という明るい返事のあと、インターホンの画像を確認もせず、ぱたぱたと走ってくる足音がする。なぜそんなに嬉しそうなんだと微妙にへこむが、ぐっと腹に力を入れて、その瞬間を待った。

ドアが開いて有川が現れ、忠村を見て固まる。

「なんで……」

「今度は開けてくれましたね」

それで、あの日のことを思い出したのだろう。有川の目が大きく見開かれる。

「……ホストの人は？」

「俺が追い返しました」

「……なんで」

「貴方が好きだからです」

唖然としてこちらを見上げていた有川が、きゅっと唇を噛み締め、睨みつけてくる。

「何……」

しゃべろうとするが有川は言葉に詰まり、目にじわ、と涙が広がる。忠村は拒絶されるのかと思い、固唾《かたず》を呑んで審判の言葉を待った。

「何また勝手に、ホストに干渉してるんですか。これで二度目じゃないですか……っ」

睨みつけて文句を言うけれど、そのすねるような声音で、有川が受け入れてくれたのがわかった。

嬉しくて、愛しくて、忠村はもう満面の笑顔になっていた。

「ええ、ですから責任は取ります」

「ちゃんと……できるんですか？　僕、男なんですよ……っ」

「貴方の体はエロくてかわいいですよ」

さわやかに褒めたつもりだったのに腹を殴られる。そして有川に抱きつかれた。

それは感激なのだが、ちょうどドアの戸口なので有川がドアに挟まれていて見るからに痛そうだ。

「中に入りませんか？　ドアに体挟まれてますよ」

「うるさいです、今いいところなんですっ」

すごく笑いたいが怒られそうなので、笑いをこらえて有川を見つめる。

頑《かたく》なで強がりで、やっぱり体中に針を生やしているこの人が、かわいくてたまらない。

眼鏡を外さないまま、そっと口づける。すると有川は恥じらうように顔を赤らめた。

「……僕も」

「はい？」

「僕も、忠村さんのことが好き……です」

それを愛しいハリネズミが言ってくれたのが嬉しくて、ただ嬉しくて、有川をぎゅっと抱き締めると、邪魔なドアを押し退《の》けて中に入っていく。

二人のこれからの秘め事を外界から隠すように、ドアはぱたんと閉じられた。

ドアの向こうで二人は

「あ……ふ……っ」

ドアを閉めた途端、忠村直人《ただむらなおと》は有川《ありかわ》の唇を奪っていた。

眼鏡《めがね》をつけたままだと、やはりやりにくい。いったん顔を離して有川の眼鏡を取り、今度は舌を差し入れ、深く、有川の中を貪《むさぼ》る。

「ん……あ……ッ」

レンズを通さない裸眼の目が次第に潤み、誘うように見上げてくる。そのまなざしがまたエロい。

「社長」

眼鏡と自分のコートを玄関の下駄箱の上に置き、靴を脱ぐのももどかしく部屋に上がる。せかすように有川の腕をつかみ、奥の寝室に直行した。

有川をベッドに組み敷き、有川のズボンと下着を一緒くたにずり下げる。ベストも脱がせ、ワイシャツのボタンに手をかけた。

その時、ふと疑問に思う。自分は会社からここに来たので背広のままだが、なぜ有川は自宅でワイシャツにベスト姿なのだろうか。

それ今日、背広の下に着てた服だよなとは思ったが、ボタンが外れた隙間《すきま》から見える有川の白い肌に、すぐ思考を持っていかれる。ボタンをすべて外したところで、有川を視姦《しかん》するように目で舐《な》め回した。

有川が身につけているのはボタンを開かれたワイシャツだけになっていた。プライベートな部分がすべてさらされ、小振りなそれは早くも角度を持ち、興奮を主張していた。

「まだ何もしていませんよ？」

「……ッ」

有川はうっすらと頬《ほお》を染め、ワイシャツの裾《すそ》で恥ずかしい部分を隠そうとする。だがそんなもったいないことはさせない。

「なぜ隠すんです？」

「そ、そこは、見たくないでしょう……？」

「まさか」

有川の体を引き寄せ、ベッドに腰掛けさせる。忠村は床に膝《ひざ》をつき、有川の足の間に割り込んで昂《たかぶ》りをつかんだ。嫌悪がない証《あかし》にと口づけてみせる。

「そんなことっ、しなくてい……ッ」

「何、遠慮してるんですか」

忠村は笑い、舌を出して有川の兆しを舐め、口に含んだ。びくりと有川の体が震える。

久しぶりの感触だった。この前、口でした時はまだ戸惑《とまど》いがあったが、有川の張り詰めた硬さに、今は愛《いと》しささえ覚える。

「し、しなくていい、いいですから……ッ」

有川が忠村の頭に触ってくるが、手に力が入っていない。

止めることもできず、もっとしてとも言えず、困ったように忠村の髪をただかきまぜている。そんな有川の困惑ぶりがかわいい。

「なっ……」

「社長、邪魔するぐらいなら、ご自分の乳首をいじっていてください」

そんなことしない、という顔を見せるが、忠村は有川から目をそらさなかった。上目遣いでしゃぶりながら、じっと有川の目をとらえる。

「……」

それに囚《とら》われたように、有川は震える指先で自分の乳首をいじりだした。

意外だった。

荒崎《あらざき》の手下たちの前でもさせたことなので無理かとも思ったが、有川は思いの他、従順だった。自らの胸の尖《とが》りを親指と人差し指でつまみ、くりくりと転がして硬くしていく。

「……っ……っ」

有川は忠村に見られているのを強く意識している。その上で、自身を辱めていることを恥じらい、それによってますます感じていた。

その淫《みだ》らさに、目が釘《くぎ》づけになる。

そんなつもりはなかったのに、少しいじめてみたくなった。

「ちょっと、待っていてください」

いったんその場から離れ、玄関に置いた眼鏡を取ってきて、眼鏡を丁寧に有川の顔に戻した。

「俺はぼやけててもいいですけど、ご自分の姿はくっきり見えた方がいいでしょう？」

「ぎゃ、逆でしょう、それっ」

その顔を見て、やっぱり眼鏡がある方が好きだなと思いながら、再び有川を口に含む。

クリアな視界で行為が再開され、心なしか、有川はさらに恥ずかしそうにした。

「両方、もっと強くつまんで——爪《つめ》を立てて」

口で犯しながら指示を出すと、有川は忠村の言いなりに指を動かした。本当に従順で、逆らわない。普段とまったく違う有川の一面に、ぞくりとした。

「は……あ……ぅ……ッ」

有川の体が熱く火照《ほて》り、口からは甘い吐息がもれ始める。

「どちらで感じているんです？　俺の口ですか、それともご自分の指ですか？」

「そ、そんなのっ、忠村さんの方に決まって……」

「そうですか？　俺は自慰を手伝っているような気分ですよ」

忠村がわざと揶揄《やゆ》すると、有川の顔が火を噴きそうなほど赤くなり、指の動きが緩慢になる。忠村の口の中では有川がぎちぎちに張り詰め、今にも弾《はじ》けそうだ。

「忠村さん……もう……駄目です、イッちゃいます……っ」

「いいですよ、出してください」

「口っ、口の中に、出る……ッ」

いい、と示すために、深くくわえる。

「そんな……あッ、あぁぁぁぁッッ!!」

びゅくっ、と有川の熱が口の中で弾ける。その二度三度と勢いよく噴き出したものを忠村は飲み込んだ。うまいものではないが、嫌悪感はない。

「飲んだ……んですか?」

「はい。意外と飲めるものですね」

「……ッ」

有川は返事もできずに掛け布団を手繰り寄せ、その中にくるまってしまった。ハリネズミが針を立てずに丸まっている。

「社長、まだ途中ですよ」

「……わ、わかってますッッ」

なんだか反応がいちいちかわいい。

忠村はにやけながら、そういえばと、次に必要になるものを尋ねた。

「ローションって、ありますか？」

「……洗面所の下の棚の中です」

忠村は立ち上がり、迷うことなく洗面所に向かう。間取りは覚えていた。

「……あ、あっ、あーっ、ちょっ!!」

という有川の切羽詰まった奇声が聞こえたのと、忠村がしゃがんで洗面所の棚を開けたのは同時だった。

棚の中には――カラフルな大人の玩具《おもちゃ》が、ぎっしりと詰まっていた。

その量に、思わず仰《の》け反った。

バイブだけでも十本以上あるだろうか。ローター、電マ、アナルビーズなどの定番はもちろん、通販サイトで全種類一通り買ったんじゃないかと思うほど、異形の玩具が勢ぞろいだった。もちろんローションも何種類も置いてあった。

そこに有川がすっ転びそうな勢いで走ってきて、ばたんと棚を閉めた。

「こ、こっ、これはっ、いつの間にか、買ってるうちに増えてっ、ぜ、全部使ってるわけじゃないですよっ!?」

忠村は無言で有川を見上げた。有川が焦れば焦るほど、逆に冷静になり、今まで気づかなかった背景が見えてくる。

まず、有川はこれを忠村に隠しておきたかった。それは有川の様子を見れば明らかだ。

ではなぜ、有川はローションの場所をうっかり口にしてしまったのか。

普通なら、こんなトップシークレットな場所を間違っても他人に話すということはあり得ない。だが、有川は出張ホストの常連だ。おそらく、いつもホストに答えているような感覚で話した。つまり、ホストとはここにある道具を使って楽しんでいるということだ。

——だったら、俺ともそうすればいいではないか。

途端、なんとも言えないむかつきが胸の奥に生じた。

この大人の玩具の在庫量は、どう少なく見積もっても、好き者の、変態レベルだ。

それなら、さっきのような普通の行為で、有川が満足するはずがない。

有川が見せた初々しい反応が、急に白々しく思えてきた。

有川はあんなノーマルなプレイで満足するような人種じゃない。きっと忠村を引かせないようにと、普通を装い、盛り上がっているふりをしただけだろう。心の中では、「まあこんなものか」とでも思っていたに違いない。

ショックと憤りが、喉元《のどもと》まで込み上げる。

そういう部分で見くびられたことが、忠村の今までしまい込んでいた、荒々しい部分に火をつけた。

「——とりあえず、ローション、取っていいですか」

自分はその時、どんな顔をしていただろう。笑おうとしてうまくいかず、薄ら笑いのようになっていたかもしれない。有川は少し気圧《けお》されながら、棚の前から体をずらした。

忠村はローションを取り、ついでに——というかこっちが本命だが——手錠を二つ取り出した。手首に当たる部分にヒョウ柄のファーがついているものだ。

「これ、いいですね。これだと痛くないわけだ」

「なっ、何取って……っ」

「社長に似合いますよ、ヒョウ柄のもふもふ」

忠村は当然のように有川の手を取り、その手首に手錠をかけた。

有川は物問いたげな目を向けてくるが、抵抗まではしない。もう片方の手首にも二つ目の手錠をかけ、有川の両手首にはそれぞれに別の手錠がぶら下がった状態になった。つまり手は自由に動かせる状態で、拘束はされていない。——今はまだ。

有川は意図をつかめずますます戸惑っているようだが、これで準備は整ったので、もっとも聞きたいことを単刀直入に聞いた。

「ホストとはいつも、どんなプレイをしていたんです？」

「えっ……」

まっすぐに有川を見つめる。これで話してくれるならいいと思っていた。

だが、有川はこちらをまともに見もせず、視線をうろうろとさまよわせ、うつむいた。

「そっ、それは、その……そんなの、いいじゃないですか」

ごまかした。なるほど。

忠村には、ホストとしていたような刺激的なプレイはできないと思われているわけだ。

およそ想い人に向けるには不適切な黒い感情が湧《わ》き上がる。忠村の方針は、決まった。

「それ――どこにつながれたいです？」

「え……？」

聞いたものの、答えなど求めてはいなかった。

忠村は有川の腕をつかみ、居間に入った。

部屋を見回し、ローテーブルに目がとまる。ちょうどよさそうだった。

「あの、忠村さ……」

「そのテーブルにしましょうか。社長、そこに上がって四つん這《ば》いになってください」

「……ッッ!?」

有川は何が起こったのかと、驚きに目を瞠《みは》った。

「なっ……何言ってるんですか？　別に、そんな、急にそういう……」

とっさに有川は笑った顔を作り、冗談に取ろうとしているようだが、忠村はその流れを静かに否定した。

「急じゃないですよ。さっきは俺の言いなりになってたじゃないですか」

「あっ、あれはっ、だって、こ、行為の一環というか……っ」

あれだってややアブノーマルだったと思うが、有川の意識的にはまだあれは、忠村としてもいい普通の範囲だったのだろう。

「それに、僕は、そっ、そういうことを忠村さんにしてほしいわけじゃ……っ」

――じゃあ、誰ならいいのだ。ホストか。

どす黒い感情をたたえたまま、有川を見据えた。

目はそらさない。自分に迷いがあれば、ホストと同じようにはできないからだ。

躊躇《ちゅうちょ》はしない。有川は辱められたいのだ。

そのまなざしの、逆らうことは許さないという揺るぎなさに射すくめられ、有川の表情が困惑から恥じらいへと、変わっていく。

目が潤み、普段の凜々《りり》しさがぼろぼろと剝《は》がれ落ちていく。

「テーブルに、上がってください」

少し声を和らげ、言い聞かせるように命令する。

有川の顔は上気し、そんなあられもない姿を見せることをためらい、葛藤《かっとう》している。だが遂に、忠村の嗜虐《しぎゃく》の目に絡め取られ、震える足でテーブルに上がって四つん這いになり、自ら贄《にえ》となった。

「――そう、いいですね」

忠村は淫靡《いんび》な声音で有川を褒め、両手の手錠をテーブルの足に固定した。

これで有川は、忠村の意のままだ。

「もっと尻《しり》を高く持ち上げてください。奥がよく見えません」

そんな屈辱的な命令にも、有川は抗《あらが》えない。忠村の目の前で、恥辱に震えながら尻を突き出した。ワイシャツしか羽織っていない状態では、そこは何もかもが丸見えになった。

「……ッッ」

有川は涙目になりながらも、明らかに体は火照り、興奮している。一度出したあとだというのに、有川の欲の徴《しるし》は早くも勃《た》ち上がりかけていた。

この路線で正しいと、忠村は確信した。

上司の目標や理念を共有し、それを実現することを第一としてきた優秀な秘書は、秘め事においても的確にニーズを察知し、その能力をいかんなく発揮していた。

忠村は洗面所に向かい、有川を責める淫具《いんぐ》を見繕って戻ってきた。その間も有川は姿勢を崩さなかったようで、尻を高く掲げた破廉恥《はれんち》な格好のままだ。

「いい眺めですね。淫乱《いんらん》な社長に相応《ふさわ》しい格好です」

忠村の蔑《さげす》みに、びくりと有川が震える。

洗面所から持ってきたローションは新品ではなく、三分の一ほど減っていた。

この消費分はホストと楽しんだのだろう。

そう思うとじわりと嫉妬《しっと》がにじんだが、それを表には出さず、ローションを有川の双丘の狭間《はざま》に垂らした。

「あ……っ」

とろりとした感覚が、敏感な部分を伝っていく。忠村がそれを指に絡めてつぷりと中に埋めると、入り口のひだがひくひくと誘うように蠢《うごめ》いた。

「いやらしい体ですね」

「……っっ！」

ローションを注ぎ込むたびに、ぐちゅぐちゅと卑猥《ひわい》な音が響く。丹念にほぐすまでもなく、有川のそこはすぐに指を三本も呑み込む淫猥《いんわい》さだった。

「た、忠村さん、あの、僕は、こんな、こんなつもりじゃ……!?」

忠村は無造作に指を抜き、そこにローターを埋め込んだ。前立腺《ぜんりつせん》の位置は把握しているので、ちょうどそこに当たるように調整し、リモコンのスイッチを入れた。有川の嗜好《しこう》を読み取った忠村の行動に、もはや躊躇はなかった。

「あ……やぁぁぁッ!?」

有川は体に埋められた小さな淫具に乱され、耐えるようにテーブルにしがみついた。スイッチで強弱を変えるだけで、有川は尻をぶるぶると震わせ、自らの欲をはしたなく膨らませている有様だ。

「そんなに感じるんですか？　こんな体じゃ、男狂いになるのも仕方ないですね」

「ちが、忠村さん、違うっ、僕はっ、僕は……っ」

「――社長、もう一度お聞きします。ホストとはどんなプレイをされていたんですか？」

有川は、ぐ、と言葉に詰まった。

忠村としては、それを教えてくれないと始まらない。

自分は今度こそ、一番の存在になったはずなのだ。

いつでも切り捨てられる、都合のいい舎弟や手駒《てごま》ではない。

有川に仕事でもプライベートでも頼られ、必要とされる存在になったはずなのだ。

それがこんなしょっぱなから……ホストに言えても忠村には言えないとか、そんなこと、あっていいはずがない。

なのに、有川は顔を歪《ゆが》め、強情に言い張った。

「い、言いたく、ない、です……っ」

その拒否の言葉に、忠村は眉根《まゆね》を寄せた。もうテーブルに縛りつけた時点で陥落させたと思っていたのに。

「なぜです。俺のこと、好きだと言ってくれたじゃないですか」

「す、好きでもっ、全部、なんでも言えるわけじゃ……っ」

その必死な訴えは、頭の煮えた今の忠村には通じない。

忠村はためらいもなく、二個目のローターを挿入した。

「あっ⁉」

有川の背中が大きくしなる。四つん這いの体を支える腕と足ががくがくと震えた。

「社長、もうバレバレなんですよ。社長は好き者の変態なんでしょう？　あの量の玩具を見られておいて、一体何を言い訳するんです？　今さらカマトトぶられても困ります」

「か、カマトトぶってるわけじゃ……っ」

まだ認めようとしない有川に罰を与えるように、二つ目のローターのスイッチもオンにする。

「あっあっ……あぁぁぁぁっ⁉」

違う振動が二つ、有川の弱い部分を淫らに蝕《むしば》んでいく。有川はあまりの快感に腰をびくびくと痙攣《けいれん》させ、息を乱し、目を潤ませる。さっきから忠村は触ってもいないのに、有川の欲はもう痛々しいほど膨らみ、腹につきそうなほどだった。

「今、ご自分がどんな姿か自覚がおありですか？　まるで盛りのついたメス犬ですよ」

「……いや……ぁ……言わない……で……っ」

有川の体は悦《よろこ》んでいる。この路線で間違いないはずだ。

なのに、なぜ有川は、そんなに悲しそうなのか。

どうして。

忠村は苛立《いらだ》ち、すでにローターのコードを二本生やしている卑猥な入り口に、三個目のローターを押しつけた。ひっ、と有川の体が震える。

「あまり俺を見くびらないでください。金で雇われたホストができることを、俺ができないと思われるのは心外です」

「み、見くびる？」

有川はぎょっとして聞き返してきた。どうやら有川に見くびっているつもりはなかったようだが、遠慮している時点で同じことだ。

「見くびっているじゃないですか。社長が好き者の変態なら、そのありのままの姿を俺に見せてくれればいいんです。なのに、なぜ俺に対して取り繕うんです？」

「い、いや、でも、それはっ――あ、あぅっ……くぅぁっ……それ、やぁ……っ！」

敏感な入り口を、ローターが触れるか触れないかの距離で刺激する。そのもどかしい振動に、有川は足をがくがくと震わせ、口の端からは唾液《だえき》をこぼした。

「教えてくださいよ。今日はホストと、どんなプレイをするつもりだったんです？」

「そ、そんなの、もうっ、いいっ……いいじゃないですかっ」

やはりごまかそうとする有川に、忠村は焦《じ》れた。

「……さっき思ったんですけど、社長、なぜ家でまでワイシャツを着てるんです？　これ、会社に着てきたままの格好ですよね。ホストが来るまで着替える時間ぐらいありましたよね。――もしかして、今日はホストとオフィスプレイとか、そんな予定でした？」

瞬間、有川は羞恥《しゅうち》のあまり、熟れた桃のように頬を染めた。

当たった。

だが言い当てた嬉《うれ》しさはまったくなく、忠村は衝動的に三個目のローターを有川の中に押し込んでいた。

「あぁぁぁぁぁぁあああああッ!?」

さすがに苦しいだろうに、有川の劣情は萎《な》えず、それどころか今にもはち切れんばかりに張り詰め、快楽の蜜《みつ》をこぼしている。

四つん這いになり、奥の窄《すぼ》まりからローターのコードを三本、しっぽのように垂らしてぶるぶると震えている様は、まさに発情期のメス犬そのものだった。

「それで、どんなオフィスプレイをする予定だったんです？　詳細にお願いします」

「た……忠村さん、もう、許し……っ」

「まだほしいですか？　言うまで入れますよ。何個入るんでしょうね」

脅しではないと、四個目のローターを入り口にこすりつける。

「あ……やぁ……ッ」

有川は無理、もう無理と涙を浮かべながら頭を左右に振るが、話そうとしない。というか、しゃくりあげているため、話すどころではなくなってきている。

ここまでされて、なぜ話さないのか。もういい加減、話してくれてもいいではないか。傍《はた》から見れば追い詰められているのは有川の方だったが、忠村も相当焦りが募っていた。

貴方《あなた》が好き者でも変態でも淫乱でも、そんなものはなんでもいいのだ。

俺は貴方のすべてを受け入れる。それをなぜわかってくれないのか。どうしてホストはよくて、自分は駄目なのか。

想いが届かない苛立ちが募り、つい今は言うまいと思っていたことを口にした。

「大体、なんですか、その我慢のきかない体は。荒崎さんがいなくなって、やっと社長の流れに変わった途端にホスト遊び再開って」

「だっ……！　だって、それは……っ！」

「これは社長秘書として申し上げますが、内部抗争が一段落したとはいえ、ホスト遊びを再開するのは早すぎます。会社の地盤固めのためにも、まだ自重していただかないと」

そう言って、自重も何も、俺が恋人になったからにはやめてくれるんだよな、と一抹の不安を抱いていると。

「………っ」

有川の顔が涙でぐしゃっと歪んだ。肩が震え、さっきまでとは様子が違うことに気づく。

四つん這いのまま、有川は恨みをにじませた目で忠村を睨《にら》んだ。

「だって、それは、忠村さんが……っ！」

「俺が……なんです？」

有川は一瞬言葉に詰まったあと、とうとう、声を震わせながらすべてを吐き出した。

「忠村さんが、叔父《おじ》のことで、あんな、あんなふうに守ってくれて、僕のこと、好きなのかと思ってたのに、病院でっ、『あの時は本当にすみませんでした』って、謝られて、僕のこと、抱いてくれたのは、し、仕方なかったからだって、思って、それで、たまらなくなって……っ」

そのつっかえながらの言葉の意味が理解できた時、忠村は呆然《ぼうぜん》とした。

「……もしかして、ホストを呼んだのは、俺の代わりだったんですか？」

有川の目から涙が伝い落ちる。その涙がはっきりと、それを肯定していた。

確かに本人を前に、忠村に見立てたホストとオフィスプレイをするつもりだったとは言いづらいだろう。それなら言えなかったのも無理はない。

「大体、見くびるってなんですかっ。そんなの、するわけない……っ。忠村さんに、言わなかったのは、忠村さんが抱いてくれるのに、それだけで、い、いっぱいで、自分の趣味とか、そんなの、どうでもよかったし……っ！　それに……さ、最初はっ、忠村さんが、し、したいように、して、ほしかったから……っ」

忠村は言葉もなく、えぐえぐと泣く有川を見ていた。

これは忠村が悪かった。もう全面的に。

有川の些細《ささい》な隠し事にあらぬ誤解を抱き、ホストへの対抗意識まで頭をもたげて、すっかり有川をいじめてしまった。

有川はこんなにも忠村を好きで、求めてくれていたのに。

胸がいっぱいになりながら、すぐにテーブルの足から手錠を外し、有川の体をテーブルから床に下ろして抱き締めた。

「申し訳ありません……考えが及ばず……」

「……け、見当違いすぎです……っ」

「すみません。早く貴方の一番の存在になりたくて、焦りすぎました」

心から謝ると、有川はぐすっと鼻を鳴らし、ぽつりと言った。

「……貴方の一番になりたいのは、僕の方です」

「え……？」

「貴方にとって、叔父が馴染《なじ》みやすい存在だった理由が……この前のことで、やっとわかりました。あんな荒っぽい連中相手に、平然と渡り合えるのを見て」

それを言われて、ぎくりとする。言い訳が必要だと思っていたことである。

「いえ、あの、違いますよ？　あれはあくまで非常時だからであって、普段からああいうことをしたいと思ってるわけでは決して」

それはわかっています、と有川は遮った。そうじゃないのだと見上げてくる。

「貴方が普段……あまりにも真っ当だから、そんなのは遠い過去なのだと思っていました。今の貴方にはもう関係のないことだと。……でもそれは、違いますよね。それを叔父だけは感覚的にわかっていたから、あんなに特別だったんですよね？　だから……」

しがみついて、ひた、と忠村を見上げてくる。その濡《ぬ》れた瞳《ひとみ》から目を離せない。

「僕の前でだけは、変に取り繕わないでください。過去の面影が見えたっていいんです。前に、僕に過去の自分を許してやれと言いましたよね。貴方も同じですよ、忠村さん」

その言葉に、心を揺さぶられる。

つき合うなら、前科をきちんと話してから。

そう思っていたのに、どこか有川に過去の自分を見せたくないという気持ちがあった。前科の事実を知らせただけですべてを見せた気になり、その時の凶暴さなどは知らせずにおこうと思っていた。

それなのに。

こんなにも深く、俺を知ってくれる。見てくれる。

見せない方がいいと思っていたのに。

あんな事件さえなければ、生涯封印するつもりだったのに。

「会社での優秀な秘書の貴方もいいですけど、僕は……あんな世界から苦労を重ねてここまできてくれた、泥臭い貴方の方が、好きです」

体中の毛がぶわっと逆立つ。震えが走った。

それは肯定だった。あの過去の延長こそが忠村直人なのだという、ありのままの肯定。

――ずっと、それではいけないのだと思っていた。

更正することで、あの過去は極力なかったことにしなければならないものと思っていた。

なのに、この人は、こんな俺がいいと、言ってくれた。

「……もう、とうに俺の一番ですよ。ぶっちぎりです」

有川の顔を両手で包む。本当に？　と聞かれて、何かがこらえきれなくなる。

こちらに向けられる、その涙目が愛しすぎて――そそる。

透明に輝く涙が綺麗《きれい》で、もっと泣かせたいと思う。めちゃくちゃにしたくなってくる。

そんな凶暴な欲求に、侵食されていく。

有川が求めていたのはホストではなく自分だったとわかったのだから、もう無理に手ひどく扱う必要などないのに――逆に、忠村の中には、この人をこれからどうしてやろうという衝動が渦巻いていた。

「……とりあえずこれ、抜きますね」

双丘の奥に指をやり、そこから生えているローターのコードを一本、くいっと引っぱった。有川の体がびくっと震える。

「は……い……」

有川としても今のままでは苦しいので、異存はない。おとなしく忠村の指に委《ゆだ》ねる。忠村はぐいっと少し強くコードを引っぱった。ローターの本体がそれに引っぱられ、狭い窄まりを押し広げて外に出ようとする。

「……あっ……ん……ふぅ……ッ」

有川の息が再び甘く乱れ、全身が淫らに火照っていく。

無慈悲に入れたローターを引き出す行為は、償いを装ってはいるが、忠村にそんな意識はもはやなかった。

忠村は知っていた。

これは、抜く時も、快楽を与える玩具だと。

「あ……あ……はぅんッ」

ローターが外に出る時にあられもない声を上げてしまい、有川は恥ずかしそうに頬を染めた。実際はわざと焦らしながら抜いたのだが、それには気づいていないようだった。

ごくりと唾《つば》を飲み込む。

——これは、やばい。

忠村には、相手をいじめたいという嗜好はない。ないはずなのだが。

荒崎の手下たちの前で凌辱した時といい、今といい、有川はあまりにもこういう方面でそそる素質がありすぎて——。

（はまりそうだ……）

有川のニーズに応えるという意識は薄れ、今、純粋に忠村は欲情していた。

「――社長、俺も脱がせてもらえますか」

お願いをされ、有川は快感に震えながらも嬉しそうに頷いた。そわそわとした手つきで背広を脱がし、忠村のネクタイに指をかける。

一方、忠村は有川の後ろの窄まりを人差し指でかわいがった。

「あっ……？」

「二つ目のは大きかったですから、少しほぐしますね」

本当は有川ほどの経験者なら、出すのにほぐす必要などないだろうが、そういう口実で敏感な入り口を執拗《しつよう》にいじった。そこをいじられると有川は落ち着きなくもぞもぞと腰を動かし、ネクタイの結び目を解いたところで指の動きがおぼつかなくなった。

「どうしました？　手がお留守になっていますよ」

有川が気を取り直して忠村のワイシャツのボタンを外しにかかるが、指が震えてなかなか外せない。忠村はさらに追い討ちをかけるようにコードを引っぱり、ローターを穴にくぐらせた。

「あ……ふっ……んぅぅッ！」

大きめのローターがぐぷんと抜かれて有川は、はぁっはぁっと、涙にまみれたまま息を弾ませた。

顔が快楽に緩み、とろとろだった。

ずくんと、忠村の股間《こかん》にダイレクトに響く。もう、たまらなかった。

忠村は再び有川を抱き上げ、ベッドに押し倒していた。

自身のズボンの前をくつろげ、有川の白い足を左右に大きく割り広げる。

有川は慌てた。

「あっ、あのっ、まだ、中に一つ残って……ッ」

だがその訴えも聞かず、自身のたぎった熱塊を有川の窄まりに押し当てた。

知らなかった。大事にしたいと思っていた。

さっきまでは、本当にその一心で。

貴方が満足してくれれば、それでいいと思っていたのに。

「——俺がしたいように、していいんですよね」

その言葉に、有川の目が瞠られる。忠村はそのまま、有川の中に押し入った。

「んぅぅ……ふぅううぅッ⁉」

忠村の極太の怒張とローターに割り広げられ、有川の体は軋《きし》みを上げた。

無体を強《し》いて有川を泣かせたい。その衝動を止められなかった。

無意識に逃れようとする有川の体を力づくで押さえつけ、根元まで一気に自身を埋めた。

今、忠村は完全に、自分の欲望のためだけに、有川を貪っていた。

「ああ……すごいな。中が振動してる……」

「あ……ああっ……だめ……壊れる……ッ」

そんな悲鳴のような涙声を出しながらも、有川は萎えてなどいない。こんな仕打ちを受けてさえ、有川の被虐心は煽《あお》られ、悦んでいる。

忠村は凄絶《せいぜつ》に笑い、舌舐めずりをした。なんてかわいいメス犬だ。

「いや……ぁぁ……取って……ッッ」

「そんなことをおっしゃりながら、すごい締めつけですが？」

有川はぶるぶると頭を横に振った。

「もう無理です……っ。こんなの、無理……っ！」

「確かに限界のようですね」

その窮状を察し、忠村は声を優しげに和らげた。そして——まだ自分の首に引っかかっていたネクタイを使い、有川の根元を手早く縛った。

有川は目を剝《む》いた。

「むっ……無理って、そういう意味じゃ……っ⁉」

なんだろう、この、体を内側から突き破りそうなほど、高揚した感情は。

忠村は狂気をはらんだ甘いまなざしで、有川を絡め取った。

「社長――俺を満たしてくれますね」

それは命令だったのか、懇願だったのか。

ローターのコードを引っぱり、奥にいきすぎていたローターの位置を再び前立腺の近くに調整する。そしてローターを押しつけるように自身を中で動かした。

「ひぐ……ぅ……うぅぅぅぅっ!?」

あまりの仕打ちに、華奢《きゃしゃ》な体は電流が駆け巡ったようにびくびくと痙攣した。許容範囲を超える快感の濁流が押し寄せ、有川を淫らに狂わせている。

――そう、狂わせているのが自分だと思うと、言いようのない充足を覚えた。

「ああ……いいですね、最高だ……」

「ただむら……さん……っ……もっ……根元の、とって……おねが……ッ」

快楽の出口を堰《せ》き止められ、甘い地獄であえぐ有川が泣いてすがってくるのが、かわいくて、かわいくて、たまらなかった。

もっと泣いてください。

俺に貫かれて、よがってください。

この人をかき乱しているのが他でもない自分なのだということに、たぎり、叫びたくなる。

こんなにも、こんなにも、こんなにも、あんたは、俺のものだ。

「ああッ……んぅぅうううッ!!」

有川の根元の戒めを忠村が解いたのと、有川が達したのは同時だった。

限界まで膨らまされた有川の徴から、白い欲が放たれる。

だがそれが終わるのを待つことさえせず、忠村はより深く、自身を有川に突き入れていた。もう自制などできなかった。

突かれるたび、有川は新たな欲を放ち、涙を散らせた。

どんなにこの人を求めていたのか、思い知る。

出所後にできた彼女が、前科がわかった途端、手のひらを返したように自分を避けた時のことが脳裏をよぎる。自分のすべてを捧げようとした荒崎にとってさえ、自分は手駒でしかなかったと知ったのも、つい先日のことだ。

この人だけだ。

自分を、そのままの自分を、認めてくれた。求めてくれた。好きだと言ってくれた。

それを思い、喉が熱くなる。

本当は、自分の中には荒く、激しい部分がある。

それを普段は存在しないかのように、奥深くにしまってあった。

自分は変わったのだと、更生したのだと、わかってもらいたくて。

だけど、この人にだけは……それさえも、隠さなくていいのだ。

忠村は前科を犯して以来初めて、ありのままの自分を、すべてを、ぶちまけた。

「……は……っ……ああ……っ」

ほとばしる飛沫《しぶき》が、有川の奥まで汚していく。その熱さに、有川自身もまだ欲情をこぼしながら、恍惚《こうこつ》とした表情をさらしていた。

「――あんたが好きだ」

それ以外の言葉は、思いつかなかった。

有川はまさに瀕死《ひんし》の状態だったが、すがるような目をしていたのは忠村の方だった。

「好きだ」

甘さなどない、余裕もない、ただ一途《いちず》な、吐露《とろ》。

「ただ……むら……さ……」

有川の手が伸ばされる。忠村の頬を、指先がかするようになでた。

「すき……」

そのすっかり涸《か》らされた声が優しすぎて――忠村は泣いた。

泣きながら、有川を抱き締めた。

やっと自分は、魂で寄り添える人を見つけた。

その感激に打ち震え、しばらくは抱き合ったまま顔を寄せ合い、二人でけだるい余韻に浸っていた。

幸せだと、心から思えた。

そんな小休止がしばし続いていたのだが。

「あ、お風呂《ふろ》……入れときますね」

有川がそう言ったところで、短い休憩は終わりを告げた。

ベッドから下りようとした有川を、かっさらうように自分の腕の中に引き戻す。

その時の自分は目が血走っていたかもしれない。この状況において、これ以上の不満はなかった。

「まだ途中じゃないですか」

「途中？　え、だって、さっきイッたじゃないですか。……え？」

どうやら素で終わりだと思っている有川に、忠村は眉根を寄せた。

「社長、二回で終わりって、淫乱のくせに根性がなさすぎます。俺なんかまだ一回ですよ」

え……？　と有川の顔に、だんだん焦りというか危機感が見え始める。

「いやっ、今のでもう五回分ぐらいイきましたので、今日はもう、いいですっ」

何がいいものか。

ここ数年来で、いやもしかしたら今までの人生で、もっともすばらしい一時なのだ。それがたった一回で終わってなるものか。

忠村はしっかりと有川の体をホールドした。

「社長は俺より若いんですから、同じような感じの、あと三回はいけるでしょう。ほら、まだ夜はこれからですよ」

「い、いえっ、今日はもうっ、いっぱいいっぱいっていうか……っ」

「ご冗談を」

忠村は有川の両手首にぶら下がったままだった手錠を、ベッドのヘッドボードに固定した。外枠とツタのような模様で構成されているボードで、手錠を引っ掛ける部分はいくらでもあった。

「な、何をっ」

「こういうの、お好きですよね？　――でなければ、あんなに大量に手錠、持ってませんよね」

「……ッ」

すかさず、まだ中に入れたままだったローターのスイッチをオンにする。敏感になっている有川の体はビクッと大きく震えた。

「い……や……っ」

途端に足をもじもじさせる有川を見て、忠村は意地悪な笑みを浮かべた。

「社長の嫌って、『嫌』じゃないですよね？　こんなことで気持ちよくなる自分が恥ずかしくて、それを俺に見られたくなくて、嫌って言ってるんですよね？」

「……っっ」

図星を指されたのだろう。有川はかぁっと顔を真っ赤にして、目をそらそうとする。そんな有川の顎《あご》をつかんで自分の方を向かせ、その目を覗《のぞ》き込んだ。

「駄目ですよ。これからは社長の恥ずかしい姿は、全部俺に見せていただかないと。たとえ社長が隠そうとしても、俺が一つずつ暴いていきますから、覚悟してくださいね」

「そんな……っ。そんなの駄目です……！」

「どうしてですか？」

「だって、会社でどんな顔すればいいか、わからなくなるじゃないですか……」

そんなことで涙目になる有川がかわいすぎる。忠村は思わず苦笑した。

「社長、職場で顔を合わせるなんて、社内恋愛の恋人なら普通のことでしょう？　それぐらいは慣れていただかないと」

「恋人……そっ、そうなるんですね……」

有川は『恋人』という言葉を嚙《か》み締めるようにつぶやいている。恋人は作らないと言っていた有川にそう認められたのだと思うと、改めて嬉しさが込み上げる。そして、これでやる気がたぎらないわけがない。

「とりあえず月曜に向けて慣れてください。この週末に、じっくりと」

「え……？」

今日が終わっても、まだ休日が二日ある。

それが有川にとって、幸運なのか不運なのか。

逃がしませんよ、と忠村はすっかり板につきつつある嗜虐の笑みを浮かべた。


そして、翌週の月曜日の朝。

一つ早い電車に乗ってきた有川貴裕《たかひろ》は、颯爽《さっそう》と本社ビルに入った。

「社長、おはようございます」

出社の早い社員に声をかけられ、にこりと笑って挨拶《あいさつ》を返すと、社員も気持ちのいい笑顔を返してくれる。ケーキバイキング以来、そして荒崎の不正を暴いて以来、社員の期待が自分に向けられているのを感じる。多少のプレッシャーはあるが、高揚感の方が大きい。

そういうわけだから。

(確かに、恋人に慣れないとか、言ってる場合じゃないな)

有川はエレベータに乗り込み、一人なのをいいことに、これからのイメージトレーニングを開始した。

まず、社長室に入る。きっと忠村がいる。そこで昨日《きのう》とか一昨日《おととい》とか一昨昨日《さきおととい》のことは思い出さない。職場で二人きりでも、プライベートのことは思考から切り離し、「会社では上司として接します」と昨日忠村に宣言した通り、いつも通りに振る舞う。

そう、職場では社長と秘書なのだ。それを少し前まではつらいと思っていたが、今は違う。

それに。

エレベータから降り、社長室の前に立ち、深呼吸をする。

忠村は、職場では真っ当な秘書なのだ。その真っ当さに見合う上司になりたいとずっと思ってきた。むしろ恋人になった今、自分の恋人は職場では立派だと、彼に思われたいではないか。

有川は眼鏡のフレームを中指で押し上げ、凛《りん》とした顔を作って社長室に足を踏み入れた。

そこには今日も堅実な印象のスーツに身を包んだ忠村がいて、ゆっくりと振り返り——。

「おはようございます、社長」

一瞬、薔薇《ばら》の花びらが宙に舞うのが見えた気がした。

そんな甘やかな笑顔を忠村に向けられ、しょっぱなからつんのめりそうになった。

「おっ……おは……よう、ござっ……います」

そのだいぶ動揺した第一声に、忠村がくすっと笑うが、違う。これは昨日とか一昨日とか一昨昨日のことを思い出して動揺してるわけではなく……っ。

「今日はいつもよりお早いですね」

そんな一言が、無駄にしびれるようないい声で、有川をいっそう動揺させる。

半ばその場に固まっていると、忠村がすれ違いざまにこちらを見て微笑《ほほえ》むのだが、その目がまた、とろけるように優しかった。

パタン、と小さな音とともに忠村がドアの向こうに消えるのを呆然と見送る。

恋人になってから、初めての出勤日。

恋人に慣れるとか慣れないとかいう有川側の問題以前に、忠村が、いつもの三倍ぐらい何もかも輝いていた。しかも無自覚。

……。

社長席に行き、コートを背後のロッカーにしまい、席に座ってパソコンを起動する。

そんなことをしているだけでも、胸はどくどくと高鳴っている。

休日の忠村もすごかったのだが、さっきの忠村も、別の意味ですごすぎる。

忠村は何一つ、特別なことはしていない。

挨拶をして、一声かけて、笑っただけだ。彼は有川の宣言に沿う形で、秘書として振舞っただけなのだ。

人は恋をすると輝くと言う。それはいい。だが。

（あれは……駄目だろう……！）

あんな輝いた顔で社内を歩いたりしたら、きっと、罪のない多くの女性たちを悩殺してしまう。

とにかく、とにかくだ。忠村には落ち着いてもらわねばならない。年頃の女性社員たちのためにも、自分のこの心臓の負担軽減のためにも。

いや、しかし、どうやって？

輝くのをやめろと言えばいいんだろうか？　それこそどうやって？

と、ぐるぐる考えていたらノックがして、再び忠村が戻ってきた。手にはコーヒーを乗せたトレイを持っていて、有川と目が合うとまた笑う。その笑顔は通常の秘書クオリティを遥《はる》かに超えていた。

「社長、どうぞ」

有川の机の横にすっと来て、コーヒーカップの乗ったソーサーを優雅な手つきで机の上に置く。

なんだろう。

メロンにもしてもらっていたし、秘書が上司にコーヒーを淹《い》れるぐらい日常業務のはずなのに、すごいどきどきする。

優秀な秘書より、泥臭い忠村が好きだとは言った。だが、その、秘書の忠村が好きではないわけではまったくなく――。

隣でまた、忠村がくすっと笑った。

「そんなに緊張なさらないでください」

いや、僕は落ち着いています。忠村さんが落ち着いてください。

そう言おうとして振り仰ぐと、とても大事なものを見るような目で、彼は微笑んでいた。

それを見て、胸の奥がじんと熱くなった。

彼はただ、嬉しいのだ。

あんな大変なことがあったのに、こうやって二人でまた一緒に働けるのがいかにすばらしい日常なのかを、彼の笑顔で改めて気づかされる。

こんな日がくるのが、彼の願いであり、自分の願いでもあった。

そのありがたさを忘れないでおこうと思いながら、カップに手を伸ばす。そうしたら、机の上に散らばったクリップを何気なくクリップ入れに戻そうとしていた忠村の手と当たり――。

「ひゃっ⁉」

思わず素《す》っ頓狂《とんきょう》な声が出て、弾かれたようにカップから手を放してしまう。そのカップは机の上で横倒しになり、有川の膝にコーヒーがぶちまけられ。

「あつっ‼」

「大丈夫ですかっ!?」

それからはもう、おおわらわだ。

ティッシュでズボンや机の上にこぼれたコーヒーを吸わせ、慌ててふきんを持ってきて拭《ふ》いて。

ようやく一段落した時、机の上は散々なことになっていた。ズボンもこれは着替えに帰る方がいいだろうという状態だ。

「……」

恋人になってから初めての出勤日が、こんな最悪な状況から始まるとかあり得ない。

地味にショックを受けていたのだが、忠村と目が合った途端、ぷっと噴き出された。

（あ……）

忠村は口を手で押さえているが、それでも笑いが止まっていない。それを隣で見上げているうちに、体がほわっと温まる。

そっか、ここは笑うところなのか、と。

じわじわと恥ずかしさは募ってくるが、さっきのショックが霧散するように消えていく。

頑《かたく》なに、作らないと決めていた恋人。

その恋人がいるという些細な、しかしかけがえのない奇跡に、ふっと胸が幸せで満たされた。

「あの、でも……ちょっと笑いすぎのような……」

「いや、手が触っただけでこれって……淫乱のくせにうぶすぎますよ……っ」

即座に拳《こぶし》を忠村の腹にめり込ませたが、まったく効かなかった。

「淫……って、職場では秘書に徹するって、言ったじゃないですかっ」

「いや、それやめた方がいいですよ。だってさっきから社長、今までで最高記録ってぐらい緊張してるじゃないですか」

「いやっ、それはっ……！」

忠村さんがいつもより三倍魅力的だからです。

その主張を頭に思い浮かべたものの、何か墓穴を掘る気がしてならない。事実としては正しいはずなのだが、訴えても忠村が悪いという帰結に至らない気がする。なぜだ。

結果的に言いよどんでいると、反論できないのだと思われたのか、忠村はさらに笑った。

「ほんとにあんた……かわいいな」

たまらないというふうにつぶやかれ、ぼっと、顔が発火しそうになる。

いやそこで、そこで、口調変わるのって。

本人は無頓着なようだが、忠村の口調が変わるたびに、有川はいつも密《ひそ》かにどきどきなのだ。普段は敬語なのにたまにタメ口をきかれると、忠村の素に近い部分が垣間見《かいまみ》えるようで、すごくときめく。この機微に聡《さと》い男がなぜそれに気づかないのか。

（いや、でも、気づかれても困るような……）

忠村なら、そんなことに気づいたら、戦略的に口調を変えてきそうで怖い。

「ほら、まだ始業までに時間はありますから、俺が送りますので着替えに戻りましょう。ていうか、また顔赤くなってますよ？」

いや、だからそれは、忠村さんが口調を変えて僕をどきどきさせるからです。

その主張も頭の中で没になった。なぜだろうか。何を言っても墓穴を掘る気がする。

なんですか？　と聞いてくる素敵すぎる恋人に、結局、効かないボディーブローを無言で見舞った有川だった。

あとがき

はじめまして、またはこんにちは。不住水《ふじみ》まうすと申します。

このお話は忠実な敵の秘書×美貌の社長です。年上の攻めが受けに敬語を使うのが密かに好きです。年上なのですべて敬語ではなく、たまにぽろっとタメ口が出るのがツボです。

デビュー作『マゾな課長さんが好き』に引き続き、美麗なイラストを描いてくださった幸村佳苗《ゆきむらかなえ》先生、それから担当様、今回も本当にありがとうございました！

この作品は二〇〇九年一月〜三月にただ読み.netで無料配信されたものです。タイトルは『忠犬秘書は社長に飼われる』で、ペンネームは『ふじみまうす』でした。今回、書籍化にあたり、大幅な加筆修正をしております。自分の作品の中では初めてＷＥＢ公開されたものであり、当時、読んでくださった方に改めてお礼を申し上げます。そして何より、この本を読んでくださった皆様、本当にありがとうございます!!　ご感想などありましたら、ぜひお聞かせください。それではまた、どこかでお目にかかれますように……！

二〇一六年五月

不住水まうす

＊忠犬秘書は敵に飼われる：Charade新人小説賞選考作品『忠犬秘書は社長に飼われる』（著者：ふじみまうす）に大幅加筆修正
掲載期間：二〇〇九年一月〜二〇〇九年三月
＊ドアの向こうで二人は　：ＷＥＢ公開作品『秘書は敵陣営で飼われる』の「ドアの向こうで二人は」（二〇一四年三月掲載）に加筆修正

ラルーナ文庫

この本を読んでのご意見・ご感想・ファンレターなどお待ちしております。〒111−0036 東京都台東区松が谷1−4−6−303 株式会社シーラボ「ラルーナ文庫編集部」気付でお送りください。

忠犬《ちゅうけん》秘書《ひしょ》は敵《てき》に飼《か》われる

2016年7月7日 第1刷発行

著　　者｜不住水《ふじみ》まうす

装丁・DTP｜萩原 七唱

発 行 人｜曺 仁警

発 行 所｜株式会社 シーラボ
〒111-0036 東京都台東区松が谷1-4-6-303
電話 03-5830-3474／FAX 03-5830-3574
http://lalunabunko.com

発　　売｜株式会社 三交社
〒110-0016 東京都台東区台東4-20-9 大仙柴田ビル2階
電話 03-5826-4424／FAX 03-5826-4425

印刷・製本｜シナノ書籍印刷株式会社

ISBN978-4-87919-897-6